www.mayabooks.co.kr

www.mayabooks.co.kr

갓 오브 블랙필드

갓 오브 블랙필드 ❷

지은이 | MJ STORY 무장
펴낸이 | 권순남
펴낸곳 | (주)마야 · 마루출판사

등록 | 2008. 1. 7(제310-2008-00001호)

초판 2쇄 인쇄 | 2020. 11. 24
초판 2쇄 발행 | 2020. 11. 27

주소 | 서울특별시 노원구 동일로237가길 17, 신영산업 BD 602호
대표전화 | 02-2091-0291
팩스 | 02-2091-0290
이메일 | marubooks@mayabooks.co.kr

ISBN | 978-89-280-3314-0(세트) / 978-89-280-3316-4
정가 | 8,000원

잘못된 책은 교환하여 드립니다.
저자와 협의하여 인지를 붙이지 않습니다.

「이 도서의 국립중앙도서관 출판시도서목록(CIP)은 서지정보유통지원시스템 홈페이지(http://seoji.nl.go.kr)와 국가자료공동목록시스템(http://www.nl.go.kr/kolisnet)에서 이용하실 수 있습니다.」
(CIP제어번호:CIP2014027932)

갓 오브 블랙필드 ②

MAYA&MARU MODERN FANTASY STORY
MJ STORY 무장 현대 판타지 장편소설

GOD OF BLACKFIELD

마야&마루

✱ 목차 ✱

제1장. 상상하지 못했던 일 (1) …007

제2장. 상상하지 못했던 일 (2) …037

제3장. 잘되신 거죠? …071

제4장. 그러니까 어쩌자구? …103

제5장. 새로운 시작 …135

제6장. 분배 …171

제7장. 일이 점점 커지네 …209

제8장. 날카롭게 …245

제9장. 끝까지 교훈을 주는구나 …281

갓
오브
블랙필드

제1장

상상하지 못했던 일 (1)

GOD OF BLACK FIELD

 샤흐란과 스미든 저 개새끼들이 왜 여기 있는 거지?
 질문이 강찬을 꽁꽁 얽어매는 느낌이었다.
 넋이 빠져나간 것 같은 상태에서 느닷없이 석강호의 얼굴이 떠올랐다. 그놈은 뭐라고 할까?
 아차! 지금 그건 중요한 게 아니다.
 스미든이 살아 돌아다니는 것까지는 받아들이겠다.
 숨이 넘어가기 직전이었지, 뒈진 건 아니었으니까.
 하지만 막말로 나라를 구한 것도 아닌데 저 두 새끼가 공트자동차의 임원이 된 것을 어떻게 이해해야 한단 말인가?
 샤흐란과 스미든은 강대경과 악수를 나눈 후, 강찬을 의아한 눈으로 바라보았다.

"찬아, 인사하고 자리에 앉아야지."

강찬은 그제야 지금 서 있는 곳이 호텔의 로비 라운지이고, 두 사람이 프랑스 자동차 회사의 부사장과 회사 임원으로 이 자리에 나온 것임을 깨달았다.

"강찬입니다. 통역을 보조하기 위해 나왔습니다."

당황한 듯 급하게 강찬이 손을 내밀자 샤흐란이 길게 휜 코를 내세우며 의미심장한 미소를 지었다.

"샤흐란이오. 발음이 정말 좋군요. 어딘지 익숙한 말투이기도 하고. 이쪽은 스미든, 아시아 영업 담당 이사요."

"봉쥬르, 강찬."

스미든은 인사를 마친 후, 샤흐란을 향해 재미있다는 눈빛을 보냈다.

다 같이 자리에 앉았다.

감청색 치마에 하얀 블라우스를 입은 여직원이 주문을 받는 사이 강찬은 정신을 수습할 수 있었다. 몸매가 훤히 읽히는 스커트다.

스미든이 여직원의 엉덩이를 보며 혀로 입술을 핥았다.

아시아 영업 담당 이사? 차라리 오입 담당 이사라고 해라.

"스미든."

나직한 샤흐란의 경고다.

시선을 돌리던 스미든이 강찬과 눈이 딱 마주쳤다.

"한국에는 강찬이란 이름이 흔한가요?"

겨우 가라앉힌 가슴이 질문을 받자 심하게 요동쳤다.

마음 같으면 당장 달려들어 모가지를 비틀어 놓은 다음, '갓 오브 블랙필드'를 기억하냐고 묻고 싶었다.

그러나 그건 예전의 다예루에게나 어울리는 짓이다.

"전화번호부 펼치면 이십 명쯤 나오죠. 아는 분 중에 같은 이름이 있나 보네요?"

순간, 샤흐란이 빠르게 강찬을 흘겨보았다.

"어딘지 친근한 이름이라 물어본 거요."

친근? 강찬은 스미든을 보며 피식 웃었다.

"저도 두 분 이름이 그러네요."

스미든이 무언가 불편한 표정을 지을 때, 주문했던 커피와 주스가 나왔다.

"부사장님, 우리 강유모터스는 귀사의 급작스러운 제안을 받아들이기 어렵습니다. 해서 오백 대로 지정한 독점 계약의 조건을 좀 더 하향 조정하기를 희망합니다."

강대경의 말을 통역이 전했다.

마흔쯤 되는 남성이었는데 마른 체형에 기름 바른 머리를 단정하게 넘겨서 어딘지 고지식한 공무원 느낌이었다.

"우리는 조건을 바꾼 것이 없어요. 원하시면 강유모터스에서는 계약대로 오십 대를 구입해 판매하시면 됩니다. 그럴 경우, 우리는 서정모터스에도 같은 조건으로 차를 판매하게 됩니다. 선의의 경쟁은 어디에서나 존중받아야 하고 좋은 결과를 나타내지요."

"이미 오십 대 가격의 절반이 넘어간 상황입니다. 계약서대로라면 잔금을 치를 경우, 강유모터스가 쉬프의 한국 내 AS 권한을 독점합니다. 귀사나 서정모터스도 그 점을 고려해 주셔야 합니다."

통역이 강대경에게 말을 전하는 사이, 스미든은 서빙했던 아가씨를 찾아 홀에 시선을 두고 있었다.

"AS 독점권을 인정합니다. 공트 본사의 규정에 맞는 시설, 반드시 비축해야 하는 부품, 인력을 확보한다는 전제 조건이 이행된다면 말입니다."

통역이 강대경과 임원 두 사람에게 내용을 설명하고 다시 고개를 들었다.

"시설은 현재 운영되는 전국의 정비소 열 곳과 계약을 맺어 두었고, 그곳의 인력을 사용할 예정이며, 부품은 당장 교체가 가능한 소모품으로 구비할 것입니다."

"본사의 규정에만 맞으면 됩니다."

샤흐란이 한 모금 마신 커피 잔을 내려놓으며 전한 말이었다. 문외한인 강찬이 보기에도 구차하게 매달리고 있는 것이 분명했다.

샤흐란은 제법 사업가 냄새를 풍겼다. 하지만 그가 전장에서 보이던 표정과 눈빛은 여전했다.

저 새끼들, 혹시 구사일생으로 살아나서 퇴역하고 공로를 인정받아서 임원이 되었을까?

　누군가 아군을 팔아먹은 놈이 뒤를 봐 주었을 수도 있다.

　그렇다면 대원의 죽음을 대가로 거래했다는 말이다.

　강찬은 스미든의 두꺼운 목을 보았다.

　일단 비틀어 놓자. 그러면 진실이 나온다.

　지루한 대화 덕분에 강찬은 마음을 가라앉히고, 여유를 찾을 수 있었다. 그러자 사업가로 변신한 샤흐란과 서빙하는 여직원에서 눈을 떼지 못하는 스미든의 모습이 재미있다는 생각도 들었다.

　대화가 진행될수록 강대경과 임원 둘의 낯빛이 흑색으로 바뀌었는데, 샤흐란은 시종일관 여유가 있었다. 이미 정해 놓은 결과를 전달하는 과정처럼 보였다. 임원 한 명이 '법적 대응을 검토하겠다'는 뜻을 강경하게 전하라는 말을 하는 순간, 강찬은 내심 고개를 저었다.

　샤흐란, 저 새끼를 몰라서 하는 소리다.

　저런 미소는 상대의 도발을 기다릴 때 나온다.

　'법적 대응'이란 말이 전해지는 순간, 강유모터스가 마지막 배려를 거절했다는 한마디를 끝으로 샤흐란은 자리를 뜰 것이 분명했다. 미소가 사라진 샤흐란이 얼마나 잔인한지 안다면 그따위 어수룩한 말을 꺼내지 않을 거다.

　이대로 끝나면 강유모터스와 관계를 끊기 위해서라도 두 놈은 강찬을 외면할 거다.

"잠시만요."

강찬은 통역을 막아서고 나섰다.

"부사장님, 이미 마음의 결정을 내리고 오신 것 같은데 저희에게 얼마의 시간을 주실 수 있습니까?"

아무리 안 그러려고 해도 샤흐란에게 질문을 던지게 되자 눈빛이 번들거리는 것을 제대로 감추지는 못했다.

"내가 보기에 강유모터스는 조건을 이행하지 못할 것 같은데 굳이 시간을 낭비할 필요가 있겠소?"

샤흐란이 살짝 굳은 표정이 되는 것을 본 강찬은 억지로 미소를 지어냈다.

"그렇긴 하죠. 그렇지만 사람 일은 장담할 수 없지 않습니까? 그러니 오십 대의 절반 가격에 해당하는 시간 정도는 배려해 줄만도 하지요."

통역은 오히려 강찬이 한 말을 강대경과 임원 두 사람에게 전하느라 바빴다.

"무슈 강? 내가 보기엔 결정권이 없어 보이는데 그렇게 함부로 제안해도 되나요?"

통역이 샤흐란의 말을 전하자, 강대경이 당황한 얼굴로 강찬을 보았다. 고등학생 아들이 나서 엉뚱한 말을 지껄인 거다.

"부사장님, 그럼 제가 잠시 사장님을 설득할 시간을 먼저 주시죠. 오 분이 안 걸릴 겁니다."

샤흐란이 스미든을 슬쩍 보았다.

"소득이 있기를 바랍니다."

그러고는 흥미롭다는 표정으로 강찬의 뜻을 받아 주었다.

"지금부터 내가 하는 말, 통역하지 마세요."

강찬은 우선 통역의 입을 막았다.

"이대로라면 이 자리에서 모든 대화가 끝납니다. 차라리 시간을 가지고 좀 더 검토하신 다음에 이야기를 나누는 것이 좋을 것 같은데요."

샤흐란이 통역을 보았다가, 그가 입을 다물고 있자 야릇한 미소를 지으며 시선을 돌렸다.

"프랑스 사람들은 콧대가 높아서 매달린다고 들어주는 법은 없습니다. 차라리 시간을 갖고 법률적 검토를 하든, 아니면 다른 조건을 내세우든 하는 게 맞습니다."

임원과 통역이 있는 자리라 말투를 딱딱하게 했다.

어쩌면 강유모터스의 일을 해결할 방법이 있을지 모른다. 하지만 두 사람이 전에 아프리카에서 함께 싸우던 자들이고, 목을 잘라서라도 살아 있는 이유를 알아내는 과정이 필요하다는 말을 할 수는 없었다.

강대경이 망설이는 것을 보고 난 직후였다.

"아버지."

강찬은 간절하게 시간이 필요했다.

"지난번 통화 기억하시죠? 제가 알기로 이 두 사람은 임원이 된 지 몇 년 되지 않았을 거예요."

통역이 서류를 짚어 가며 고개를 끄덕였다.

당연하지 않은가.

2007년까지 용병이었는데 지금이 2010년이니 말이다.

"오늘은 여기서 끝내고 우선 시간을 벌죠. 프랑스 사람들, 특히나 이 두 사람의 특성에 맞게 대응해야 해요."

짧은 시간이 흐른 뒤다. 강대경은 결심이 선 눈빛이었다.

"자신 있냐?"

"대표님!"

임원 한 사람이 눈살을 찌푸리며 나섰다.

"기다리는 분을 위해서라도 잘 풀어 볼게요."

둘만이 아는 유혜숙의 이야기다.

강대경이 정말 멋진 미소를 보여 주었다.

"기다려 주셔서 고맙습니다, 부사장님. 저희 조건은 두 가지입니다."

샤흐란이 고개를 살짝 내밀었다.

상대방의 의견을 물을 때 보이던 버릇이었다.

"일주일, 그리고 그중 하룻밤."

스미든이 입을 길게 늘이며 웃었다.

"굉장하군요. 정말 일주일이면 되겠소?"

이번 질문은 통역에게 했다. 강대경의 '그렇게 하겠소.'란 답을 통역이 전해 주자 샤흐란이 다시 강찬을 보았다.

"하룻밤의 의미는 뭐요?"

"상상하지 못했던 일을 경험하게 해 드릴 생각입니다."

스미든의 눈이 반짝하고 빛났다.

"흠, 일주일 안에 오백 대를 구매하지 못하면 AS 건도 깨끗하게 포기하는 건가요?"

"그 점은 염려하실 필요 없습니다."

강찬이 단호하게 답을 하자 통역이 빠르게 그 말을 전했다.

임원 둘이 신음을 뱉어 냈으나 강대경은 의외로 덤덤한 얼굴로 시종일관 강찬을 바라보고 있었다.

"사장님께서도 동의하시는지 확인해 주시오."

통역이 그대로 전했고, 강대경이 고개까지 끄덕이며 답을 전했다.

"한국은 참 신기한 나라군요."

왜 아니겠냐?

당장 눈앞에서 벌어지는 일만도 감당하기 어려운 판이다.

"동양인들은 다 비슷하게 생겼지요. 그래서 그런가, 강찬 씨는 누군가와 정말 비슷해요. 특히, 그 말투와 눈빛, 표정, 그리고 손에 감긴 붕대가 잘 어울리는 것까지."

목 비트는 것까지 같을 줄은 짐작 못할 거다.

강찬은 완벽하게 여유를 되찾았다.

"오케이시죠?"

샤흐란이 커다랗게 고개를 끄덕였다.

"좋소. 하룻밤이 언제인지 알려 주겠소?"

"그건 내일까지 따로 연락드리겠습니다."

"일정이 있으니 적어도 하루의 여유는 두고 잡아 주시오."

"물론입니다."

이야기가 끝났다. 모두 자리에서 일어나 인사를 마치고 두 사람이 엘리베이터를 향해 걸어간 뒤에야 다시 앉았다. 임원 두 사람이 못마땅한 표정으로 강찬을 보며 한숨을 내쉬었다.

뒤늦게 강대경도 후회되는 얼굴이었는데 그럼 뭐하겠나. 이미 배가, 아니 두 사람이 엘리베이터로 올라갔는데.

임원 둘이 '어떻게 하시려고 이럽니까?', '이건 정말 무모한 일입니다.' 등의 타박과 염려를 쏟아 냈으나, 그 점에 대해서 강대경은 의외로 꿋꿋했다.

그는 회사에서 보자는 말을 남기고 자리에서 일어섰다.

로비를 나올 때 강찬은 힐끔 하늘을 보았다.

'구경하기는 재미있겠습니다? 강유모터스 계약만 제대로 진행되면 어떤 일이 생겨도 원망하지 않을게요.'

차를 타고 나서 강대경은 커다랗게 한숨을 내쉬었다. 그러더니 '흐흐흐.' 하고 실없는 웃음을 터트렸다.

"하아! 나와서 생각해 보니까 정말 엉뚱한 짓을 한 거였구나. 임원들의 표정이 이제야 이해가 되네."

"후회되세요?"

강대경이 핸들 가까이 고개를 숙인 채로 시선만 주었다.

"너, 내 아들 맞냐?"

강찬은 웃고 말았다.

"아직도 인터넷으로 프랑스어를 익혔다고 할 거냐?"

"말씀드려도 안 믿으실 거예요."

강대경이 상체를 크게 움직이며 '허!' 하고 웃었다.

기가 막힌 모양이었다. 운전하는 내내 강대경은 '리스?'와 '캐피탈을 연계해서? 이자는?' 하고 혼잣말을 하곤 했는데 엄청난 차량 구입비를 감당할 방법은 없어 보였다.

차가 아파트 지하 주차장에 도착한 다음이다.

강대경은 막막한 얼굴이었다.

"엄마에겐 뭐라고 하지?"

"일주일 시간을 벌었다고 하시면 어때요?"

"방법이 있냐고 물어보면?"

강대경이 고개를 절레절레 저었다.

"아들한테 이런 걸 물어보는 내가 무슨 사업을 한다고."

두 사람은 엘리베이터를 탔다.

"임원분들이 알아볼 만한 곳이 있다고 하세요."

"절대로 전에 봤던 깡패들 도움받을 생각은 말아라."

강찬이 흘깃 본 시선에서 강대경이 계면쩍게 웃었다.
"그럴게요."
아파트 현관문을 열 때쯤엔 분위기가 제법 좋았다.
어차피 벌어진 일이고, 아직 일주일의 시간이 남았다는 터무니없는 안도감도 있었다.
"이 사람이 어디 갔나?"
강대경이 안방으로 들어가는 것을 본 강찬은 방으로 들어가 책상에 놓인 전화기를 들어 석강호에게 전화를 했다.
[어떻게 됐소?]
오늘 약속을 알고 있으니 걱정하고 있었던 모양이다.
"시간 되냐?"
[집 앞으로 갈 테니 삼십 분쯤 뒤에 나오쇼.]
"그래."
전화를 끊고 나자 가라앉았던 심장이 다시 두근거렸다. 석강호를 처음 만났을 때와는 전혀 다른 느낌이었다. 강찬은 우선 집에서 나가기로 했다. 강대경은 거실 소파에 있었다.
"어디 가니?"
"엄마는요?"
"어제 힘들어하더니 자고 있구나."
엉망인 성적표를 감춘 학생처럼 강대경이 안방을 보았다.
"제가 프랑스에 아는 사람이 있어요. 어쩌면 도움을 받을 수 있을 거 같아요."

강찬이 내민 지푸라기다.

강대경의 의심스러운 표정 속에 한 가닥 희망을 부여잡고 싶은 간절한 바람이 고스란히 드러나 있었다.

"인터넷에서 알게 된 사람이냐?"

아프리카라고 대답할 수는 없잖은가.

강찬은 대답하지 못하고 웃어만 주었다.

"저녁 먹고 올게요. 다녀오겠습니다."

아들이 인터넷으로 알게 되었다는 누군가의 도움이 유일한 희망인 현실, 무능력한 자신에 대한 비애, 그 와중에 강찬이 자랑스럽고 대견스러운 느낌까지.

강대경의 웃음이 강찬에게는 아프게 보였다.

현관문을 나서 엘리베이터를 누르며 강찬도 혼란스러웠다.

샤흐란과 스미든의 이야기만이 아니다.

고 3인 몸과 정신 연령의 괴리도 한몫했다.

거울에 비친 모습이 점점 뇌리에 박혀 드는 만큼 전의 모습은 희미하다. 석강호에게 함부로 욕을 할 때마다 미안하다는 생각이 드는 것도 그랬다.

땡.

엘리베이터 안에도 거울이 있다.

껍데기뿐인 강찬과 생각만 남은 강찬.

도대체 어느 것이 진짜일까.

강찬은 날카롭게 거울 속의 고등어를 노려보았다.

눈빛은 예전 그대로다. 손에 감은 붕대, 한쪽을 살짝 움직여 웃는 묘한 웃음, 말투, 성격.

'이렇게 살아야 하는 건가?'

어쩌면 죽기 전에는 절대로 빠져나가지 못할 틀에 갇힌 것인지도 모른다.

때앵.

1층에 도착했다는 소리가 까불지 말고 눈앞에 펼쳐진 일에 충실하라는 경고처럼 들렸다.

강찬은 피식 웃고 말았다.

"까짓것, 목부터 비틀어 주고!"

벤치로 느긋하게 걸어갔다.

일요일 오후다. 커다랗게 숨을 들이마셨다.

석강호가 어떤 반응을 보일지도 당장은 그게 궁금했다.

⚜ ⚜ ⚜

벤치에 앉아 오가는 사람들을 보고 있자니 마음이 훨씬 편해졌다. 묘하게 웃음도 나왔다.

공트자동차? 부사장? 이사?

구사일생으로 살아나 정상적인 방법으로 그 자리에 앉아

있기를 진심으로 바랐다. 그런 거라면 반갑다고, 이런 모습이지만 살아 있다고, 손 붙잡고 어깨 마주쳐 가며 웃으면 그만이다. 자존심을 세우거나 욕심 부릴 생각도 없다.

강대경의 강유모터스가 손해만 보지 않도록 배려해 달라 부탁해 보고 아니라면 현실을 받아들일 생각이다. 그런데 샤흐란과 스미든의 얼굴에는 분명 더러운 흔적이 묻어 있었다.

언젠가 16살 아프리카 소녀를 덮쳤다가 죽도록 얻어맞고 한쪽 구석에 처박혀 있을 때의 얼굴과 눈빛이었다.

스미든, 이 개새끼.

다시는 대원들 이름을 더럽히지 않겠다고 맹세했고, 그 일을 단 한 번 들춰 본 적 없다. 심지어 마지막 순간에 보였던 눈빛을 갚아야 할 빚으로 생각하며 살았다.

강찬은 눈빛이 번들거리고 있음을 알았다.

뛰뛰.

시선을 들자 익숙한 차가 눈에 들어왔다.

한번 오른 살기는 쉬 없어지지 않았다.

강찬이 차에 오르자 석강호가 놀란 눈으로 그를 살폈다.

"어디 마음 놓고 담배 피우며 이야기할 만한 곳으로 가자."

"누구요?"

강찬이 씨익 하고 웃어 주었다.

"어떤 새낀지 몰라도 더럽게 불쌍하우."

"스미든."

석강호는 의외로 태연했다.

딱 1초만.

그다음, 그의 얼굴이 천천히 강찬에게 향했다.

"앞에 봐라."

끼이이익.

큰 도로에 끼어들다 사고가 날 뻔했지만, 강찬은 내내 살벌한 눈빛으로 웃고만 있었다.

"스미든이 살아 있소?"

강찬의 표정을 읽은 다음이다.

석강호는 어디서, 어떻게 확인했는지가 궁금한 모양이었다.

"샤흐란과 같이 있더라."

"허허, 허허허."

"두 새끼가 같이 나왔어. 공트자동차 부사장과 이사로."

"예에?"

"앞에 보라니까!"

"씨발, 딱지 하나 끊었네."

도로에 설치된 카메라가 휙 하고 머리 위로 지나갔다.

"어디 있소?"

"남산호텔."

"갑시다."

강찬이 씨익 웃었다.

"하룻밤 시간을 내기로 했다."

"그럴 게 뭐 있소, 당장 가서 목을 따 버리지!"

"그거보다 그놈들이 어떻게 살아남았는지가 먼저야. 자칫 달려갔다가 죽도 밥도 다 엎은 꼴이 되면 억울하잖아."

석강호가 고개를 갸웃했다.

"대장이 죽고 바로 나였으니까 살아남을 수 있다고 칩시다. 그런데 그 새끼들이 자동차 회사 부사장이니 이사가 된 건, 뒈졌다가 바로 일어났다는 것보다 말이 안 되지 않소? 특히, 나보다 무식한 스미든 그 새끼가 말이오?"

솔직히 무식한 걸로는 다예루가 좀 더 앞섰지만, 지금 중요한 건 그게 아니다.

"뭔가 우리가 모르는 게 있겠지?"

"하아! 그냥 갑시다."

강찬이 고개를 저었다.

"준비가 필요해. 알아봐서 이해할 만하면 이대로 넘어가겠지만, 아니라면 목을 완전히 돌려 버릴 테니까."

석강호가 비릿하게 웃었.

오랜만에 보는 다예루의 옛 모습이었다.

20분쯤 달려 도착한 것은 미사리였다.

큰 도로에서 빠져나와 구불구불한 골목을 타고 돌아가자 야외에 탁자를 내놓은 커피숍이 있었다.

가장 바깥쪽 탁자에 앉아 둘 다 강 쪽을 바라보고 앉았다.

"커피 두 잔!"

직원이 다가오다 곧바로 다시 들어갔다.

"어떻게 된 거요?"

강찬은 석강호가 건네주는 담배를 받으며 호텔에 도착해서 나올 때까지의 상황을 자세하게 설명했다.

이 싸움은 석강호에게 강요할 수 있는 것이 아니다. 반드시 함께하자고 할 것도 아니고, 빠지라고 내칠 수도 없는, 순전히 다예루 본인이 결정할 싸움이었다. 설명을 마치자 전투 직전의 묘한 설렘이 두 사람 사이에서 피어났다.

"이 씨발 놈들이……."

"너도 그렇지?"

"말이 되는 소릴 합시다. 스미든, 그 무식한 개새끼가 공트 이사면 난 프랑스 장관쯤 해야 맞소."

석강호는 진심으로 스미든이 자신보다 더 무식하다고 믿는 모양이었다.

"언제 할 거요?"

"작전을 좀 짜야지. 조용한 장소도 필요하고."

최소한 사람들 눈을 피할 장소는 준비해야 한다.

석강호가 이를 깨물며 신음을 뱉었다. 어쨌든 저쪽도 죽음의 땅에서 살아왔던 놈들이다. 게다가 이쪽은 고등어에 중년 아저씨 몸뚱이인데 저놈들은 원래 제 몸을 가졌다. 자칫 이쪽의 목이 돌아갈 위험도 각오해야 했다.

"오광택이 도움을 받으면 어떻겠소?"

강찬도 생각을 안 한 것은 아니다. 그러나 아무리 급하고 아쉽다고 깡패들의 도움을 받는다면 차소연이나 문기진 같은 아이들이 당할 때 어떻게 일진들을 상대할 수 있겠나.

"쯧!"

강찬은 마음을 굳혔다. 아닌 건 아닌 거다.

"우리끼리 하자."

"알았소. 그럼 적당한 장소를 찾는 게 가장 큰 문제요."

"일단 알아보고, 정 안 되면 차에 구겨 넣어서 외곽으로 나가지, 뭐."

"푸흐흐흐흐."

석강호도 눈빛이 번들거리고 있어서 누가 보면 살인 계획이라도 짜는 사람들처럼 보기 딱 좋았다.

"일단 화요일로 생각하고 있어."

석강호가 헤벌쭉 웃었다. 다예루의 미소였다.

전투, 그것도 치열하고 악착같이 살아남아야 하는 싸움을 앞에 두었을 때, 단검을 뽑아 들 때 보였던 웃음이었다.

"나 설레우."

"나도 그런다."

둘이 동시에 바보처럼 웃은 다음이었다.

우우웅. 우우웅. 우우웅.

강찬의 전화가 울렸다.

미쉘이었다.

"빙고!"

강찬은 퍼뜩 떠오른 생각이 있었다.

"알로!"

[챠니! 집안일이 잘 해결되었나 봐!]

"아니! 조금 꼬였어."

[미안, 목소리가 좋아서 잘된 줄 알았어.]

"괜찮아. 내일 어디서 봐?"

[호텔에서 볼까?]

"그거 좋다!"

[너무 적극적이라 묘한데?]

"함께 나와. 내가 저녁 낼게."

[비양! 어느 호텔? 몇 시?]

"남산, 저녁 일곱 시."

[오케이, 챠니! 나 벌써 뜨거워! 내일 봐!]

전화기를 탁자에 올려놓은 강찬이 넉넉하게 웃었다.

석강호는 당연히 궁금한 얼굴이었다. 이왕 시작한 이야기다. 강찬은 어떻게 미쉘과 이어지게 되었는지를 석강호에게 있는 대로 설명해 주었다.

"이전에 없던 여복이 이리 다 몰리는 모양이오?"
"부럽냐?"
석강호가 '푸흐흐흐.' 하면서 웃었다.
"내일 호텔에 차 가지고 와."
"화요일에 한다지 않았소?"
"내일 저녁에 호텔 로비에서 시간을 보낼 생각이다. 미쉘 쪽 친구 애들이 워낙 눈에 띄니까 보기만 한다면 스미든은 반드시 온다."
"오!"
석강호가 재미있다는 표정이었다.
"늦게 들어와도 혼자 방에 있을 놈이 아니잖냐? 무조건 클럽을 기웃거리겠지. 그러니까, 내일 여차하면 차 대고 있다가 끌고 가자."
"알았소."
"내일 서정모터스에서 함께 지낼 수 있으니까 우선 화요일 저녁에 약속은 잡아 둘게. 대신 내일 스미든이 미끼를 물면 놈을 먼저 족치고, 쯧! 정 안 되면 화요일에 한꺼번에 모가지를 비틀어 버리지, 뭐."
"기대되우."
이놈이 이렇게 잔인한 표정을 가지고 있었나?
"왜 그러쇼?"
"얼굴 좀 펴라. 누가 보면 당장 모가지 비틀러 가는 사람처럼 보인다."

"대장 눈이나 보고 말하쇼."

할 말 없다. 아무리 풀어 보려고 해도 번들거리는 눈에서 힘이 빠지지 않았다.

"이참에 아버님 일도 해결 봅시다."

"그러면 좋지만, 그 건과 이 건은 전혀 다른 일이야."

석강호가 새로 꺼낸 담배를 문 채로 강찬을 보았다.

"대원들의 죽음에 담긴 비밀을 푸는 것이 먼저다. 그렇지 않고 아버지 회사 일을 여기에 얹으면 둘 다 흐려진다. 전리품 먼저 보는 놈치고······."

"살아남은 놈은 없다."

강찬이 고개를 끄덕여 주었다.

그렇지만 전투에서 이기면 전리품은 반드시 따라온다.

"거 눈빛 좀 얼른 푸쇼. 배고파요. 요 앞에 된장 백반 맛있게 하는 집 있으니까 그리 갑시다."

"네 인상이나 좀 풀어라."

석강호가 커다랗게 눈을 끔벅였다.

"밥 먹자. 먹다 보면 풀리겠지."

"그럽시다."

심장을 얼어붙게 만들었던 일이 석강호를 만나는 순간부터 설레는 일로 바뀌었다.

피 튀는 싸움을 만나서 반가운 걸까?

강찬은 고개를 저었다.

다시 사는 삶을 살면서 늘 어깨에 매달렸던 짐을 풀 기회를 잡았기 때문이라 생각하기로 했다. 솔직히 강유모터스의 일이 잘 풀릴지 모른다는 기대도 생겼다.

실패? 가난? 그런 건 겁나지 않는다.

강대경이나 유혜숙은 그런 것으로 바뀔 사람들이 아니다. 다만, 강대경의 일이 제대로 풀렸을 때 유혜숙이 활짝 웃는 모습을 보고 싶었다. 진심으로. 저녁을 먹는 내내 화제는 두 놈이었지만, 이야기의 진전은 없었다.

강찬을 내려 준 석강호는 집에 가는 대로 좋은 장소를 검색해 보고 연락을 주기로 했다. 안 돼도 상관없다. 가는 길에 한적한 곳을 택하면 된다. 아무튼, 가능하다면 스미든을 먼저 족칠 수 있으면 좋겠다는 생각이었다.

단순한 놈이다. 혼자 떨어지면 공포를 느끼는 데다, 말을 맞출 틈이 없어진다.

"다녀왔습니다."

강찬이 들어섰을 때 강대경은 가스레인지 앞에서 주걱으로 무언가를 젓고 있었다.

"엄마가 많이 안 좋다."

"병원 가 봐야 하는 거 아니에요?"

"그렇지 않아도 내일 아빠가 함께 가 볼 생각이야."

죽을 끓이는 모습이 익숙해 보였다.

"옷 갈아입고 인사드릴게요."

담배 냄새가 날 거다. 강대경이야 모른 척하겠지만, 유혜숙은 다르다. 거기다 몸까지 안 좋은데 먼지가 가득 묻은 옷으로 보고 싶지는 않았다.

옷을 갈아입고, 간단하게 세수를 마친 강찬이 안방에 들어갔을 때 강대경은 유혜숙의 앞에 작은 상을 펼쳐 놓고 있었다.

"다녀왔어요."

"밥은?"

기력을 모두 빼앗긴 사람처럼 유혜숙은 힘든 얼굴이었다.

"선생님과 된장 백반 먹었어요."

안방에 있는 의자를 움직여 유혜숙의 침대 옆에 앉았다.

"얼른 먹어 봐."

강대경이 죽과 물, 그리고 마른반찬 하나를 올려 주었다.

"미안해."

"당신이 미안하면 난 어떡하냐?"

"당신이 왜?"

"다 나 때문이잖아. 미안하다. 그러니까 날 봐서라도 좀 먹자. 응?"

유혜숙이 수저를 들고는 강찬을 보았을 때였다.

"그래도 오늘 찬이가 멋지게 시간을 벌어 줬어. 임원 둘이 혀를 내두르더라고."

강대경이 낮의 상황을 완벽하게 긍정적으로 해석하여 이야기를 풀어 냈다. 물론 결론은 다르지 않으니까 딱히 거짓말이라고 하긴 어려웠다. 유혜숙은 더 듣고 싶은 얼굴이었다.

"프랑스 공트자동차 부사장과 아시아 영업 담당 이사가 나온 거잖아. 우리 전무하고 상무가 통역 통해서 끙끙거리는데 찬이가 유창하게 말을 한 거야."

죽을 입에 넣으면서도 유혜숙은 강대경을 향한 시선을 돌리지 않았다.

"부사장하고 이사가 깜짝 놀라면서 이야기가 시작되었는데 우리 통역이 그걸 전해 주느라 바쁘더라고. 전무하고 상무는 연신 혀를 내두르고."

유혜숙이 흘깃 강찬을 보았다.

저 아무것도 아닌 이야기가 그렇게 좋을까?

강찬이 일주일의 시간을 만들어 냈다는 말로 이야기를 끝냈을 때 유혜숙은 기쁨과 걱정이 완벽하게 뒤섞인 표정이었다.

"내일이나 모레, 도와줄 분과 연락이 될지 몰라요."

강대경이 너무 무리하지 말라는 눈짓을 보냈다. 거짓말이면 적당히 하자는 의미였다.

"큰 기대는 마세요. 아무리 늦어도 수요일에는 결과를 알

수 있을 거예요."

두 사람은 어리둥절한 모양이었다.

"채팅하던 분 중에 샤흐란과 친분이 정말 두터운 분이 있더라구요. 연락해 주기로 했어요. 수요일까지 결과를 알려 주겠대요."

믿어도 될까?

강대경과 유혜숙의 얼굴에 완벽하게 쓰인 글이었다.

"그냥 해 보는 거죠. 이렇게 다 같이 있는 힘껏 해 보고 안 되면 또 거기에 맞춰서 살아가면 되는 거잖아요. 얼른 기운 내세요. 이러고 계시니까 사는 맛이 하나도 안 나요."

"미안해, 아들."

유혜숙이 강찬을 향해 손을 뻗었다. 손을 잡아 주려는 것이었다. 강찬은 상체를 기울여 유혜숙의 어깨를 안아 주었다.

"병원에 있는 저도 살려 내셨잖아요. 세 식구 같이 있으면 되죠. 그러니까 얼른 일어나세요."

"그래. 그러자. 고마워, 아들."

강찬은 유혜숙의 등을 다독여 주고 눈물이 맺힌 얼굴을 억지로 들여다보았다. 유혜숙이 쑥스러운 듯 웃었.

강찬이 방을 나선 다음이었다.

"들었지? 찬이가 저렇게 버티는데 당신하고 내가 힘 빠져 하면 되겠냐? 미안하다. 그렇지만, 기운 내 주라."

"미안해."

"뭐가 자꾸만 미안해?"

강대경도 유혜숙을 조심스럽게 안고 다독여 주었다.

❧ ❧ ❧

방으로 돌아와서 컴퓨터를 켰을 때 전화가 울렸다.

"여보세요?"

[나요.]

빨리도 갔다.

"왜?"

[칼질하기 적당한 장소를 찾았소.]

에효! 이 무식한 새끼! 강찬은 대꾸할 말이 없었다.

[호텔에서 얼마 떨어지지 않은 곳이요. 지하까지만 잘 끌고 가서 차에 태우면 시간도 얼마 걸리지 않겠수. 칼은 내가 알아서 준비하겠소.]

"알았다."

[저놈들 상대하는데 그 몸으로 괜찮겠소?]

듣고 보니 석강호를 욕할 일만은 아니었다.

"어떡해서든 빨리 끝내야 돼. 시간이 길어져서 샤흐란이 경찰에 연락이라도 하면 여러 가지로 귀찮아진다."

[그놈이 밤에 제 방에 오는 게 이상한 걸 거요.]

이놈이 정말 스미든보다는 덜 미련한가?

"그래도 조심하는 게 좋아."

[알았소. 그리고 내 카드를 줄 테니 우선 그걸 쓰쇼.]

"그건 내일 만나서 얘기하자."

[푹 자 두쇼.]

곧바로 전화가 끊겼다.

"쯧!"

마음이 편치 않았다.

예전의 다예루만큼이나 힘이 센 스미든이다. 석강호기 다치지는 않을까 하는 걱정이 가슴 한구석에 남았다.

제2장

상상하지 못했던 일 (2)

결전을 앞두고 잠을 제대로 자는 것만큼 중요한 일도 없다.

강찬은 머릿속에 가득한 잡생각을 털어 내고 침대에 누웠다.

'쯧!'

그런데 뜻밖에도 잠이 들지 않았다.

용병이 된 이후로 처음 있는 일이다.

석강호에 대한 염려, 스미든에 대한 배신감.

'길어야 이틀이면 끝난다.'

그렇게 20여 분간을 뒤척인 끝에 강찬은 잠이 들었다.

⚜ ⚜ ⚜

잠에서 깨어난 것은 늘 같은 시간이었다.
'오늘은 우선 너다. 스미든'
기분은 나쁘지 않았다.

몸을 가볍게 푼 후, 가위를 꺼내 어깨와 손목에 감겨 있던 붕대를 잘라 냈다. 스미든과의 일전을 감안하면 최소한 어깨는 풀어 놓는 것이 좋았다. 그럭저럭 붕대를 풀어도 될 것 같은데 문제는 왼손에 남은 칼자국이었다.

'프랑켄슈타인도 아니고.'

6개나 되는 데다 꿰맨 자리까지 더해져서 영 보기 흉측했다. 씻고 나서 왼손은 붕대를 감기로 했다.

오랜만에 시원하게 하는 샤워다. 샴푸와 비눗물이 닿을 때마다 따끔거렸지만, 쏟아지는 차가운 물에 마음은 상쾌했다.

샤워를 마치고 약을 바른 후, 유혜숙을 더 재우겠다는 강대경의 배려로 아침은 둘이 간단하게 차려 먹었다.

"다녀오겠습니다."

잘하면 프랑스에 안 갈 수도 있다. 어려워진 환경에 좌절한 유혜숙을 두고 가는 것도 마음 편치 않은 일이다.

엘리베이터 안의 거울에서 강찬의 눈은 매서웠다.

⚜   ⚜   ⚜

수업이 시작되자 덩달아 운동부실도 조용해졌다.

석강호가 기대와 설렘이 가득한 표정으로 지켜보는 앞에서 강찬은 호텔에 전화를 걸었다.

"1901호 부탁합니다."

[지정된 분만 통화하실 수 있습니다.]

"강찬이라고 전해 주세요."

잠시 대기음이 들린 다음이다.

[알로우?]

스미든이 느끼한 음성으로 받았다.

"강찬입니다. 내일 약속 알려 드리려구요."

[아! 그래요. 몇 시로 하지요?]

"저녁 일곱 시 어떠십니까?"

[잠시만요.]

샤흐란에게 의논하는 모양이다.

[일곱 시 좋습니다. 로비 라운지에서 볼까요?]

"그러시죠. 참! 저는 오늘도 그곳에서 미녀들과 약속이 있습니다. 혹시 제가 보이더라도 오해하시는 일이 없도록 미리 말씀드립니다.]

석강호가 입을 길게 늘이며 웃었다.

[부럽군요. 내일 보죠.]

전화가 끊겼다.

"이 새끼가 왜 이러지?"

"왜요? 여자가 싫답디까?"

강찬은 잠시 통화 내용을 떠올렸다.

"아무래도 서정모터스 놈들과 함께 있는 모양인데? 여자 얘기를 하는데 바로 끊네?"

"에효! 신경 쓰지 마쇼. 지금 그 새끼 머릿속에 온통 저녁, 미녀, 이 두 가지 말만 남았을 거요."

강찬은 고개를 끄덕였다.

그 짧은 시간에도 서빙하는 아가씨에게서 눈을 떼지 못하던 놈이다. 그런 놈이 미녀란 말에 관심을 끊어?

"이 새끼가 이렇게 나왔다는 건 서정모터스랑 그만큼 중요한 이야기를 나눈다는 거겠지?"

"그렇긴 하겠소. 까짓것 대가리를 돌려 버린 다음에 결판 봅시다. 만약 대원들 목숨을 팔아먹은 놈이면 절대로 곱게 보내 줄 생각 없소."

강찬과 석강호가 동시에 비릿하게 웃었다.

"그나저나 넌 괜찮겠냐?"

"뭐 말이오? 설마, 내가 스미든 따위한테 목이라도 돌아갈까 봐 그런 거요?"

강찬은 대답하지 못했다.

"나라고 놀기만 한 건 아니오. 애들이랑 뛰는 걸 봤으면서 그러쇼. 그 개새끼 모가지는 반드시 내가 비틀 거요."

말린다고 들을 놈도 아니고, 말릴 수도 없는 일이다.

강찬이 고개를 끄덕이자, 석강호는 상의 주머니에서 카드를 한 장 꺼내 건네주었다.

"쓸데없는 걱정 말고 급한 거나 해결합시다. 오늘 계산은 이걸로 하쇼. 저녁에 클럽에 갈지 모르니까 옷 좀 차려입고."

"입던 대로 입으면 되지."

"예에?"

석강호가 눈을 크게 떴다.

"어제처럼 입고 가면 입장도 못해요. 괜히 입구에서 망신당하지 말고……. 이럴 게 아니라 아예 나갔다 옵시다."

"수업 안 끝났잖아!"

"푸흐흐. 내가 담당 선생 아니오?"

강찬과 밖으로 나온 석강호는 대형 할인점에 들어가 검은색 양복과 몸에 맞는 셔츠, 그리고 구두를 새로 샀다.

"좋아 보이우. 이따 나올 때는 미용실 가서 머리도 좀 하고 오쇼. 이왕 하는 거, 놈들이 의심하지 않게 합시다. 두 놈을 동시에 상대하는 것보다는 어떡해서든 오늘 스미든을 먼저 채는 것이 좋지 않겠소?"

일리 있는 말이다. 그리고 알 수 있었다. 센 척했지만 석강호도 스미든의 완력을 염려하고 있다는 것을 말이다.

⚜ ⚜ ⚜

 수업이 끝나기 무섭게 강찬은 집으로 향했다.
 석강호는 운동부 아이들을 챙긴 다음, 7시까지 호텔에 차를 대 놓고 연락하기로 했다.
 집에 도착했을 때 유혜숙은 침대에서 자고 있었는데 병원에서 함께 다녀왔다는 강대경이 거실에 있다가 강찬을 맞았다.
 아직은 시간이 남았다.
 돌발적인 계획이다 보니 빈틈이 많았지만, 시간도 그렇고 여러 가지로 오늘만큼 좋은 기회를 찾기는 어려웠다.
 새로 산 옷을 보면 유혜숙이 불안해할지 몰라서 강찬은 조금 일찍 나가기로 했다. 강대경은 말쑥하게 차려입은 모습을 보며 딱딱하게 굳은 표정이었다.
 "다녀올게요."
 "약속을 오늘로 잡았니?"
 "내일이요. 오늘은 소개받을 사람이 있어서 나가요."
 강대경이 커다랗게 한숨을 내쉬었다.
 "찬아, 무리하지는 마라. 네가 힘이 되는 것은 고맙다만, 고등학생 신분에 어긋나는 일을 하는 건 싫다."
 "예."
 "그래. 그렇게 입으니까 이제 정말 다 큰 것 같구나. 이것도 인터넷에서 산 거냐?"

강대경이 강찬의 양쪽 팔을 잡고 웃어 주었다.

꽉 끼는 옷과 구두가 불편했다.

아파트 현관을 나서며 강찬은 오늘 일이 잘 풀리길 기대했다. 이렇게 벼르고, 욕했던 것이 미안할 만큼 두 사람이 제대로 임원이 된 것이길 바라는 마음도 있었다.

그리고 정말 그런 것이라면 매달려 볼 생각도 있었다.

강대경과 유혜숙을 위해서.

수다쟁이 아줌마를 피해 전과 다른 미용실에 들러 머리를 손질했다. 오늘 이 수고와 노력이 헛되지 않았으면 싶었다.

택시를 타고 호텔로 가는 동안, 강찬은 기억하고 있던 그날의 모습을 떠올렸다. 커다랗게 숨을 내쉬며 자신을 바라보던 스미든의 마지막 눈빛.

그 눈이 거짓이었을까?

곧 알게 된다.

조금씩 가슴이 뛰기 시작했다.

그리고 호텔에 도착했을 때는 다시 차분하게 가라앉았다.

로비는 적당히 붐볐다.

검은 양복, 흰 셔츠, 그리고 얄상한 넥타이까지.

입구의 거대한 유리에 비친 모습이 나쁘지 않았다.

강찬은 로비 라운지로 가서 주스를 한 잔 시켰다.

유리로 만들어진 앞쪽 면에 바깥의 풍광이 시원하게 펼

쳐져 있었다. 여직원이 세련된 매너로 주스를 놓아 주었다.

양복은 불편하다. 특히나 이렇게 끼는 옷은 더.

서정모터스 놈들이 유흥을 제공하기 위해 함께 나갔을 확률이 높다. 그렇다면 하루에 한 번으로 만족하지 못하는 스미든의 습성을 기대할 수밖에 없다.

어떡해서든 오늘 승부를 내야 했다.

둘을 한꺼번에 상대하게 되면 절대로 이쪽이 불리하다.

나이 든 석강호의 육체가 가장 마음에 걸렸다.

'다예루가 나서기 전에.'

강찬이 이를 꽉 깨물며 결의를 다질 때였다.

감색 양복을 입은 두 놈이 강찬의 앞에 섰다.

"안녕하십니까, 형님."

말릴 틈도 없이 두 놈이 깊게 상체를 숙이며 인사했다.

그나마 목소리를 크게 하지 않았다는 것이 다행이라면 다행이었다. 강찬은 시선만으로 로비를 살폈다.

근처에 있는 사람들이 이쪽을 힐끔거릴 뿐, 다행히 샤흐란이나 스미든은 보이지 않았다.

"서도석입니다, 형님. 그날 지하실에서 뵈었습니다, 형님."

이 새끼들은 평생 도움 되는 법이 없다.

"가라."

"알겠습니다. 형님. 혹시 필요하신 것이 있으면……."

가뜩이나 살기가 올라 있던 눈이다.

강찬이 날카롭게 노려보자 두 놈은 다시 거창하게 상체를 숙인 후, 몸을 돌렸다. 빌어먹을 깡패 새끼들. 저런 놈들이 왜 이런 고급 호텔에 있지?

　힐끔거리는 사람들의 시선을 피하려고 고개를 돌렸을 때, 조금 전에 보았던 서도석이 카운터에 뭐라고 지시하는 것이 보였다. 아마도 주스 값을 계산하려는 모양인데 우선은 놔두었다. 여기서 일어나 시선을 끌고 싶지 않아서였다.

　우우웅.

　{지금 출발하우.}

　석강호의 문자였다.

　답을 할 필요 없이 기다리면 올 일이다.

　오후 6시. 적당히 시장기가 돌았다.

　우우웅. 우우웅. 우우웅.

　이런 게 귀찮아서 안 가지고 다니던 전화다.

　모르는 번호였지만, 날이 날이니만큼.

　"여보세요?"

　[나 오광택이다.]

　'쯧!'

　[남산호텔에 있다면서? 양복 빼입고.]

　이 새끼가 어디 숨어서 보고 있나?

　강찬은 로비를 둘러보았다.

　[아까 인사했던 서도석이가 거기 전무로 있어. 필요한 거

있으면 뭐든 얘기해라.]

"끊자."

[빡빡하게 굴지 마. 지난번 일로 강남을 독점한 인사나 하려는 거니까.]

"그런 인사 필요 없으니까 끊어."

실제로도 강찬은 통화 종료 버튼을 눌렀다.

'어째 조짐이 불길한데?'

"쯧!"

강찬은 창밖의 풍경을 보며 짜증을 털어 냈다.

그나마 마음이 가라앉았을 때였다. 사람들의 시선이 한쪽으로 쏠리는 것을 본 강찬은 입구를 향해 고개를 돌렸다.

미쉘과 친구 둘이다.

"하아!"

강찬이 한숨을 토해 내는 순간,

"차니!"

미쉘이 눈을 동그랗게 뜨고는 손을 흔들었다.

사람들의 시선이 대놓고 강찬에게 쏠렸다.

검은 치마에 속이 훤히 들여다보이는 얇은 블라우스 차림의 미쉘과 쫄바지와 쫄티를 입은 세실, 그리고 유일하게 한국인 얼굴을 한 신디는 청치마에 배꼽 위로 한 뼘쯤 드러난 티를 입었다. 로비 라운지의 모든 사람, 심지어 서빙하는 아가씨마저 쳐다보는 형국이다.

스미든의 시선을 끄는 것은 의심할 여지가 없었다.

"차니? 그렇게 입으니까 정말 섹시해!"

미쉘이 놀랐다는 표정으로 반가운 척을 했다.

예쁘긴 정말 예쁘다. 셋 모두.

"어서 와."

"일찍 와 있었어?

셋이 자리에 앉자 남자들의 질투 가득한 눈길이 부담스러울 정도였다.

"속옷이 없어?"

셋 다 브래지어를 하지 않았다. 게다가 미쉘은 잠자리 날개 같은 블라우스를 입고 있어서 가까이서 보자니 아예 드러내 놓은 것과 같았다.

"불편해. 그리고 벗기려면 귀찮잖아. 흥분돼서 그래?"

주변에서 힐끔거리는 시선 따위 셋 모두 전혀 신경 쓰지 않는 얼굴이었다. 셋은 맥주를 시켰다.

"오늘 계획은 뭐야?"

"저녁 먹고 클럽에 갈까 하는데."

"여기? 이 호텔에 있는 클럽?"

"응."

셋 모두 만족한 얼굴이었다.

"미쉘, 한 가지 말해 둘 게 있어."

미쉘이 친구 둘을 힐끔 보고는 강찬에게 시선을 주었다.

"이 호텔에 스미든이라고 미국계 프랑스인이 묵고 있거든. 혹시 그놈이 오면 같이 앉을 수도 있어."

"다섯이서?"

무언가 잘못 생각한 모양인데 강찬은 이런 일에 거짓말하고 싶지는 않았다.

"그런 건 아냐. 오늘은 저녁만 먹기로 했잖아. 그러니까 재미있게 놀고 난 그놈이 나오면 따로 할 이야기가 있어."

"혹시 우릴 여기로 부른 게 그 사람 때문이야?"

때마침 맥주를 받으며 미쉘은 살짝 의심스러운 얼굴이었다.

"겸사겸사. 내겐 중요한 일이니까."

미쉘에겐 미안했지만, 어차피 그게 그거다.

클럽에 있을 때까지 스미든이 안 나타나면 끝인 거고, 나타나면 다른 평계로 끌고 나가야 하는 일이다.

미쉘이 '흐흠.' 하며 눈을 껌벅였다.

"꼬였다던 집안일 때문이야?"

"꼭 그런 것만은 아냐. 개인적으로 확인할 게 있어."

"다섯도 재미있겠다."

미쉘이 잔을 들자 세실과 신디가 음흉하게 웃으며 잔을 부딪쳤다. 그런 게 아니라는데도 말이다.

저녁은 라운지의 대각선 맞은편에 있는 양식당을 이용하기로 했다. 계산을 하기 위해 입구의 카운터에 들렀을 때였다.

"이미 결제가 끝났습니다. 언제고 들러 주십시오."

감색 양복 왼편에 은색 명찰을 단 중년 사내가 정중하게 강찬을 향해 고개 숙였다. 가뜩이나 시선이 몰려든 상태에서 고집 피워 봐야 좋을 것이 없다.

강찬은 고맙다는 말을 전하고 레스토랑으로 향했다.

"차니! 생각보다 거물?"

미쉘이 놀란 눈을 하면서 강찬의 팔짱을 끼는 바람에 맨가슴의 감촉이 그대로 느껴졌다. 스미든을 끌어낼 수만 있다면 이 정도야.

양식당에도 오광택이 입김이 들어간 게 분명했다.

도착과 동시에 세련된 외모의 여자 지배인이 깍듯한 인사와 함께 강찬을 안쪽으로 안내했다. 적성에 안 맞는 짓이다.

VIP 대접이 싫다는 것이 아니라, 깡패들의 위세를 등에 업고 거들먹거리는 꼴이 된 것이 싫었다. 고개를 숙이는 호텔 직원들의 속이 과연 일반 손님을 대하는 것과 같을까?

어쩌면 구역질나는 것을 참고 있는지도 모를 일이다.

'스미든, 이 개새끼!'

공연히 이런 꼴을 만든 스미든에게 화가 치밀었다.

중간쯤 벽 안쪽으로 인공 정원이 있었고, 강찬의 자리는 바로 그 앞이었다.

메뉴를 본 강찬은 짜증이 더 솟구쳤다. 주문하려는 스테이크가 돈가스 20개 가격이어서였다. 넷이 주문하면 돈가스 80개가 날아간다. 어쩌랴. 석강호에게 미안한 마음을 안고 적당한 수준에서 골라 주문을 마쳤다.

테이블에서 필요 없는 접시를 치운 여성 지배인이 와인을 한 병 보여 주고 따랐다.

"모시게 된 기념으로 식사와 어울릴 만한 와인을 준비했습니다. 즐기시는 다른 와인이 있으면 말씀해 주세요."

시선 하나만큼은 완벽하게 끌고 있었다.

거절해 봐야 같은 과정이 반복될 것 같아서 이 역시 고맙다는 말로 받아들였다.

미쉘과 친구 둘은 살짝 들뜬 얼굴이었다. 26살, 혼혈이라는 공통점으로 친해진 사이, 심지어 프랑스의 대학도 함께 나왔고, 방배동이 집이라는 것까지 들었다. 미쉘은 패션 잡지 에디터, 세실은 HNC 증권사, 신디는 놀고 있는지 프리랜서라고 자신을 소개했다. 솔직히 머리가 비었으리란 선입견을 깨는 직업이었는데, 확인된 것이 아니니까 뭐라 할 말은 없었다.

식사가 진행되는 동안, 강찬에 대해 궁금한 것들이 많았다. 프랑스어는 언제 배웠는지, 호텔의 이런 대접은 뭔지, 집안일이란 또 어떤 것인지, 심지어 손에 감은 붕대는 왜 그런 것인지까지.

대답해 주기 위해서는 전제 조건이 필요했다.

죽는 순간에 새로운 몸뚱이로 넘어왔다는 것. 그러나 굳이 과대망상증 환자 취급을 받을 필요는 없었다. 아무튼, 중요한 것은 식당의 시선이 모조리 쏠리고 있다는 것이다. 간혹 나이든 여자 손님들이 손가락으로 가리켜 가며 클레임을 제기하는 모양이었으나, 지배인은 꿋꿋한 미소로 고개를 저어 댔다.

얼추 한 시간 동안 분위기가 달구어졌을 때였다.

우우웅.

{지하요.}

석강호가 문자를 본 강찬은 전화를 걸었다.

[무슨 일이오?]

"그러지 말고 올라와 있어. 널 알아보는 것도 아니잖아?"

[그렇긴 하우.]

"로비에 있어라."

[알았소.]

미쉘에게는 회사 업무와 관련해서 대기하는 사람이 있다고 설명했다. 그리고 더불어 스미든이 정말 중요한 계약의 열쇠를 쥐고 있어서 오늘 담판을 지을 예정이란 말도 덧붙였다.

셋이 와인 한 병을 다 비웠을 때가 7시 30분쯤 되었다.

클럽에 가기는 이른 시간이다.

세실이 와인 한 병을 더 주문했다.

새로 가져온 와인이 줄어들수록 강찬은 가슴이 두근거렸다.

스미든이 과연 나타날까? 조용한 곳으로 끌고 갈 수 있을까? 어떻게 지금의 모습이 되었을까?

긴장과 묘한 설렘이 심장에 피어오를 때, 미쉘이 야릇한

욕망이 가득한 눈으로 강찬을 보았다.

"차니, 그런 눈빛은 정말 날 흥분시켜."

목을 비틀어 주면 어떤 소리를 할까?

미쉘의 헛소리에 피식 웃었을 때였다.

우우웅. 우우웅.

석강호였다.

[스미든이요. 라운지를 두리번거리고 있소.]

왔다!

강찬은 빠르게 입구를 보았다.

[어?]

다시 올라갔나? 일단 뛰어 나가서 붙잡아야 하나?

"무슨 일이야? 왜 그래?"

[세흐토 브니므(serpents venimeux)?]

프랑스어로 '독이 있는 뱀'이란 뜻이다.

이런 고급 호텔에 뱀이 돌아다닐 리 없고, 석강호가 프랑스어로 표현했으니 분명 프랑스 갱을 의미한 것이다.

청부 살인, 인신매매, 마약.

'세흐토 브니므'는 돈이 되는 일은 뭐든 하는 프랑스 최대 조직이다. 놈들은 한눈에 식별이 가능했다. 왼손 엄지 바로 위쪽에 붉은 뱀을 그려 넣는데 물감에 수은을 섞기 때문에 뱀 대가리가 흉터처럼 두껍게 떠올라서였다.

파리에서 한 번 싸워 본 경험까지 있는 석강호다.

절대로 잘못 볼 리 없는 일이었다. 그때 아프리카에 가지 않았다면 강찬도 뒤를 자신하기 어려웠던 놈들이다.

[스미든 새끼를 지키는 모양이오. 세 놈이오.]

전혀 상상하지 못했던 일이다.

[오늘은 틀린 것 같소.]

다예루도 당황한 음성이었다. 여기서 무리하면 석강호는 물론이고, 아무것도 모른 채 와인을 마시는 미쉘까지 다친다. 더구나 셋 모두 프랑스에 갈 일이 많은 삶이다.

[클럽으로 가는 모양이오.]

"알았다. 잠깐 생각 좀 하고 전화할게. 절대로 혼자 움직이지 마라."

[알았소.]

놀라고 맥 빠진 음성이었다.

"무슨 일이야?"

흥분이 살짝 가라앉은 얼굴로 미쉘이 강찬을 살폈다.

아무리 아쉽더라도 이런 일에 함부로 끼워 넣을 수는 없다.

"오늘 담판을 지으려고 했던 스미든이 나타났는데 세흐토 브니므와 같이 있단다."

잠깐 사이에 3명의 얼굴이 딱딱하게 굳었다.

조직원을 사살했던 형사 아내의 목을 잘라 침대에 넣어 두고, 자녀들의 침대엔 팔과 다리를 남겼던 보복 사건이 워낙 커서 모를 수도 없었다.

8시를 얼마 남겨 놓지 않은 시간이었다.

'오늘 한다.'

오늘을 놓치면 내일은 샤흐란까지 한꺼번에 상대해야 하는데다 잘못하면 갱단이 더 나올 수도 있다.

강찬은 고개를 돌려 지배인을 찾았다.

"필요하신 것이 있으신가요?"

여 지배인이 빠르게 강찬에게 다가왔다.

"서도석이 이곳 상무라던데, 불러 줄 수 있나요?"

"전무님이세요. 바로 연락하겠습니다."

지금은 직책 따위가 중요한 게 아니다.

마음이 급해진 강찬은 자꾸만 시계를 봤다.

3분쯤 지났을 때 서도석이 급한 걸음으로 다가 와 커다랗게 인사를 했다.

"찾으셨습니까, 형님?"

강찬은 가능한 한 조용하게 말을 건넸다.

"클럽에 프랑스인 넷이 들어갔다. 다른 손님들 빼내고 내가 들어간 다음에 밖에서 문 잠가 줄 수 있겠냐?"

서도석이 당황한 눈으로 강찬을 보았다.

의도를 파악하고 싶은 눈치였다.

"오늘 영업 못할지 모른다."

"광택이 형님께서 지분을 가지고 계시니 직접 통화를 한 번 해 주시는 게 좋겠습니다."

강찬은 곧바로 전화기를 들었다.

번호가 그대로 남아 있어서 버튼만 누르면 끝이다.

'빨리 좀 받아라.'

[여! 강찬!]

"시간이 없어서 용건만 말하마. 이곳 클럽, 오늘 문 좀 닫아 주라."

[뭐? 지금 뭐라고 그랬어?]

"클럽 하루만 닫자."

오광택은 잠시 말이 없었다.

[무슨 일이야? 그곳은 특급 호텔이라 영업을 못하면 여러 가지로 꼬여. 다른 지분권자들과 문제도 있고.]

"오광택. 내가 살아나면 네 부탁 한 번 들어주마. 그러니까 오늘만 나 하자는 대로 하자."

두 번째 침묵이 흐른 다음이었다.

[정말 부탁을 들어줄 거냐?]

수렁이나 늪에 발을 담그겠냐는 말처럼 들렸으나 강찬은 뒤를 생각할 여유가 없었다.

"옆에 서도석이 있다. 바꿔 줄게."

강찬이 전화기를 내밀자 서도석이 두 손으로 받았다.

"예, 형님. 외국인 넷만 남기고 문을 잠그라십니다, 형님. 예? 형님? 알겠습니다, 형님."

서도석이 다시 전화를 건네주었다.

"여보세요?"

[원하는 대로 지시했다. 혹시 일이 커지면 문제 되니까 아예 우리 애들을 데리고 들어가.]

솔직히 욕심이 덜컥 났다.

프랑스 갱을 상대해 주기만 한다면…….

[일단 도석이랑 동생 놈 데리고 가고, 내가 애들 보내 주마. 한 삼십 분 걸릴 거다.]

다른 손님이 하나도 없는 클럽에 30분이나 죽칠 스미든이 이니다. 게다가 서도석은 깡패라도 싸움을 타고난 놈처럼 보이지는 않았다.

강찬은 차라리 마음이 편해졌다. 깡패에게 더 신세를 지느니 죽든 살든 석강호와 둘이서 해결하는 게 낫다.

"됐다. 그냥 문만 잠가 주라."

[그건 이미 지시했다니까.]

"고맙다."

다른 말이 나오기 전에 강찬은 전화를 껐다.

"미쉘, 들었듯이 오늘은 여기까지만 하자. 서도석, 너는 가서 손님 내보내."

"알겠습니다, 형님."

서도석이 인사를 하고 몸을 돌린 다음이었다.

"개들을 건드리면 죽어."

미쉘이 제대로 겁을 먹은 얼굴이었다.

"여긴 한국이고, 이번 일이 잘 끝나면 프랑스 갈 일도 없어. 그러니까, 오늘 결판을 내야 돼. 괜히 나랑 같이 있는 거 보이면 좋지 않을 테니까 먼저 일어날게. 나중에 전화하자."

강찬이 일어서려 할 때였다.

"그러지 말고, 차니. 차라리 우리가 가서 스미든이란 사람만 유혹해서 따로 나오게 하면 어때?"

저렇게 겁에 질린 얼굴로?

강찬은 씨익 웃으며 고개를 저었다.

"너흰 프랑스 가야 할 때가 있잖아."

이미 마음을 굳힌 상태라 어쩌면 솔깃할 제안임에도 귀에 들어오지 않았다. 강찬은 미셸에게 고개를 한 번 끄덕여 주고 자리에서 일어났다.

"계산은 이미 마쳤습니다, 언제고 들러 주세요."

인사를 받을 시간조차 아까웠다.

석강호는 클럽 지하로 내려가는 계단을 무섭게 가라앉은 얼굴로 보고 있었다. 강찬은 우선 그가 앉은 테이블로 갔다.

완벽하게 독이 오른 얼굴이었다.

"내일이면 샤흐란은 물론이고, 갱단 애들도 더 나올지 몰라. 그러니 오늘 승부 내자."

석강호가 번들거리는 눈으로 강찬을 보았다.

"다른 손님들은 어쩌려고 그러쇼?"

"다 내보내고 문을 잠그기로 했다."

"알았소. 갑시다."

답과 동시에 둘이 비슷한 모습으로 웃었다.

"아차!"

그런데 석강호의 표정이 심상치 않았다.

"칼을 차에 두고 왔소."

염병. 어째 시작부터 꼬이더라니.

"갔다 오려면 오 분, 십 분 걸릴 거요."

석강호의 잘못이 아니다.

클럽을 비울 것은 애초에 계산에도 없었다.

"일단 가자. 가서 여기 서도석이란 놈에게 부탁하자."

프랑스 갱단이 총질을 잘할지 몰라도 격투는 한 수 떨어진다. 예전에 다예루가 총을 꺼내기 직전에 쓰러트린 놈들이 여섯이니 해볼 만도 했다.

계산이 필요 없다는 지배인의 손짓이 고마웠다.

커피 한 잔 값이 문제가 아니라, 시간을 벌어 준 것이 고마워서였다. 지하의 입구에서 투덜거리며 올라오는 젊은 여성 2명과 마주쳤다.

"다예, 세 놈을 먼저 치자. 우리 정체를 모르니까 방심할 때 기습하는 게 가장 좋아."

"알았소."

심장이 쿵쿵거릴 정도로 요란한 음악이 울리는 입구에 서도석이 서 있었다. 인사하지 말라는 뜻으로 강찬은 짧게 고개를 저었다. 자칫 스미든이 보면 경계심만 높이는 꼴이다.
 손님이 들어오기 아직 이른 시간이다.
 DJ 박스 앞으로 공간, 그리고 둘러서 좌석이 있었다.
 스미든은 입구의 왼쪽 자리에 앉아 작은 병맥주를 마시고 있었다.
 강찬은 곧바로 스미든을 향해 걸었다. 번득이는 눈빛을 풀어야만 했다. 곧바로 강찬과 스미든의 시선이 딱 마주쳤다.
 씨익.
 스미든이 웃는 순간, 갱 셋이 강찬과 석강호를 보았다.
 겉으로 봐서는 총잡이인지 칼잡이인지 구분이 되질 않았다.
"무슈 강!"
"이곳에 계셨어요?"
 그럼, 그렇지. 스미든이 강찬의 뒤를 살폈다.
"미녀 셋을 데리고 오기 전에 자리 잡으러 왔지요. 보시다시피 숫자가 한 명 부족해서요. 함께하시겠습니까?"
 스미든이 손을 내밀어 의자를 가리켰다.
 강찬과 석강호가 마주 보고 앉게 되었다.
 빈자리가 그것밖에 없어서였다.
 강찬이 어제 그랬던 것처럼 석강호도 감정을 조절하려 애를 쓰는 얼굴이었다.
"맥주?"
"그러죠."

주문을 하기 위해 고개를 들었던 스미든이 의아한 시선과 함께 고개를 갸웃했다. 강찬도 갱 셋도 스미든의 시선을 따라 고개를 돌렸는데 늘씬한 몸매의 긴 생머리 여성을 서도석이 밖으로 내보내는 것이 보였다.

입구가 뒤에 있는 터라 갱 셋은 거의 상체를 돌렸다.

순간, 강찬은 석강호를 보았다.

'지금이다!'

그러고는 탁자에 놓인 맥주병을 잡아 그대로 한 놈의 뒤통수를 후려쳤다.

퍼석!

그와 동시에 석강호도 다른 병으로 바로 옆 놈의 머리를 때렸다.

퍼석! 콰다당.

스미든이 탁자를 발로 차고 그 반동으로 몸을 뒤로 뽑았다.

푹. 푹. 푹.

강찬은 뒤통수를 갈겨 준 갱의 겨드랑이와 턱 아래쪽을 깨진 병으로 연달아 찔러 버렸다.

퍽. 퍼억. 퍽.

석강호가 마무리를 하는 순간에 남은 갱 하나가 그의 얼굴과 턱, 그리고 옆구리를 세차게 가격했다.

콰다당.

석강호가 찌르던 갱과 뒤엉켜 바닥으로 굴러떨어질 때,

강찬은 남은 갱을 향해 달려들었다.

퍼억. 퍽. 퍼버벅.

갱은 강찬의 공격을 손날로 막는다.

용병 격투술의 기본을 안다는 의미다.

그러나 재능이 있거나 능숙한 솜씨는 아니었다.

퍼억. 퍽. 퍽. 퍽.

달려들 수밖에 없었다. 여기서 놓치면 상황이 나빠진다.

콰다당.

갱이 의자를 뿌리며 뒤로 빠져나갈 때,

"개새끼!"

석강호가 욕이 뱉으며 스미든에게 달려들었다.

퍼억. 퍼억. 퍼억. 퍼억.

무식한 놈들답게 줄곧 두들기는 싸움이었다.

쩌억.

강찬은 볼을 얻어맞는 순간, 주먹을 갱의 턱에 꽂아 넣고, 연달아 팔꿈치로 코와 볼 사이를 세차게 찍었다.

콰직.

이 정도면 무조건 뼈가 함몰된 게 맞다.

털썩.

의외로 수월하게 갱 셋을 해치웠다. 그러나 스미든을 노리고 몸을 돌린 강찬은 움직이지 못했다.

코와 입이 피범벅인 석강호를 스미든이 뒤에서 안은 채

로, 턱과 정수리를 꽉 움켜쥐고 있었다.

저기서 스미든이 힘을 주면 석강호는 죽는다.

어디를 어떻게 얻어맞았는지 눈이 풀려서 흰자위가 하얗게 올라와 있었다.

"계약을 위해 이런 것은 아닐 테고?"

스미든도 왼쪽 눈과 입술이 찢어져 피가 번져 나온다.

음악은 벌써 꺼졌다.

어둑한 조명 아래에서 강찬은 눈빛을 숨기지 않았다.

스미든이 제 목을 좌우로 목을 틀어 댔다.

자신 있는 싸움을 앞두었을 때 보이는 특유의 버릇이다.

"스미든, 내 이름을 듣고도 몰라?"

스미든이 묘하게 웃는 얼굴로 강찬을 보았다.

"이름은 알지."

"어떻게 살아났지? 대원들을 배신한 게 너냐?"

믿을 수도 없고, 믿기지도 않는 모양이었다.

"안 믿기나 보지? 네가 잡고 있는 게 다예루다. 어때? 이건 좀 믿을 만해?"

이번 말은 충격이 컸던 게 분명했다.

강찬이 천천히 다가가자 스미든이 둘 걸음을 물러났다.

"누구냐? 도대체 정체가 뭐야?"

조금은 정신이 들었는지 스미든이 눈을 번들거렸다.

"나를 몰라? 강찬이라니까. 네놈이 뒈질 것 같은 얼굴로 매달렸던 갓 오브 블랙필드, 강찬."

"어떻게……?"

번들거리던 놈이 금세 질린 얼굴로 고개를 저어 댔다.

하기야 받아들이기 어렵겠지.

"죽은 놈들이 억울해서 날 떠밀었나 보지. 배신자의 대가리를 꼭 비틀어 달라고."

강찬은 말을 하는 동안, 계속해서 스미든에게 다가갔다.

놈은 완력이 대단하다. 석강호가 정신을 차리든가, 한 번에 달려들어 막아 주지 못한다면 놈은 반드시 석강호의 목을 부러트릴 거다.

"어쩐지 한국엔 오기 싫더라니까."

그런데 상황을 받아들이기로 한 것처럼 스미든의 눈빛이 독해졌다.

"이번엔 반드시 죽여 주마."

강찬은 천천히 스미든에게 다가갔다. 이렇게 되면 석강호를 위해서라도 빨리 승부를 지어야 했다.

"옛날하고 다를 것 같은데?"

그때, 석강호가 의식을 차린 것처럼 고개를 짧게 털었다.

멍청한 놈, 그냥 신호만 했어야지.

스미든이 목을 비트는 순간, 강찬이 스미든을 덮쳤다.

으드득. 퍽.

"큭."

콰다당.

강찬이 엄지로 눈을 찌르는 바람에, 석강호가 탁자와 함께 넘어갔다.

퍽. 퍼억. 퍽. 퍽. 퍽.

스미든은 쓰러지지 않았고, 정신없이 손이 오갔다.

퍽. 퍽!

'크윽.'

엄지로 겨드랑이를 찍는 순간, 스미든의 주먹이 강찬의 옆구리에 빅혔다. 숨이 턱 막혔다.

퍽. 퍽. 퍽.

그러나 틈을 주면 죽는다.

강찬은 왼손 팔꿈치로 스미든의 턱을 세 번이나 때렸다.

퍽. 퍽. 퍽. 퍽.

힘과 스피드가 달렸다. 그래서인지 스미든은 쓰러지지는 않았다. 놈은 왼쪽 눈을 제대로 뜨지도 못하면서도 연속해서 강찬의 목과 명치를 노렸다.

눈 깜짝할 사이에 몇 번이나 때리고 맞았다.

강찬은 주먹을 뻗는 척, 팔꿈치를 세차게 후렸다.

턱. 퍼억. 퍽.

스미든은 턱을 포기한 채, 강찬의 옆구리를 때렸다.

퍼버버버벅.

여기가 승부처다.

물러나는 순간, 공격을 멈추는 순간, 죽는다.

삽시간에 목과 명치, 옆구리를 때렸고, 역시 맞았다.

중간에 손이 겹쳐서 다시 때린 것은 세지도 못했다.

턱!

그때 스미든이 강찬의 옆머리를 움켜쥐었다.

힘으로 승부를 내려는 것이다.

퍽. 퍼억. 퍽. 퍼어억!

강찬은 팔꿈치로 스미든의 턱과 목을 사정없이 갈겼다.

콱.

눈 깜짝할 사이다. 스미든은 아예 얼굴을 포기한 것처럼 오른손으로 강찬의 턱을 잡았다.

퍼억.

강찬이 팔꿈치를 턱에 제대로 꽂았을 때, 스미든이 세차게 목을 돌렸다.

파라락.

강찬은 스미든이 목을 돌리는 방향으로 몸을 돌렸다.

쩌억!

그리고 도는 속도 그대로 팔꿈치를 휘둘러 스미든의 관자놀이를 찍어 버렸다.

털썩.

스미든이 옆으로 무너지는 것을 보면서 강찬은 달려들지 못했다. 숨을 쉴 때마다 옆구리를 칼로 찌르는 듯한 통증이 밀려왔고, 목이 뻐근했다.

마무리를 해야 했다.

강찬은 이를 악물며 걸음을 옮겼다.

"끄으응."

놈은 아직 기절하지 않았다. 하기야 완력과 맷집 하나는 다예루 다음으로 좋았던 놈이다.

강찬은 자세를 낮춰 쓰러진 스미든의 머리칼을 움켜잡았다.

그리고 왼쪽 눈에 있는 힘껏 주먹을 꽂아 넣었다.

쩌억!

주먹을 뾰족하게 만들었다면 눈알이 터졌을 정도로 인정사정없이 내려친 것이다.

쩌어억!

"으아악!"

이번에는 중지를 뾰족하게 세운 주먹이다.

비명과 함께 스미든이 오른쪽 눈을 부여잡았는데 움켜쥔 손 아래로 터진 눈알의 진액이 걸쭉하게 흘러나왔다.

강찬이 머리를 놓아주자 눈을 싸안은 스미든이 바닥을 구르며 버둥거렸다.

걸음을 옮길 때마다 양쪽 옆구리를 날카로운 칼로 후비는 것처럼 끔찍하게 아팠지만, 강찬은 악착같이 입구로 걸어갔다.

쾅쾅쾅.

"서도석! 강찬이다!"

문이 급하게 열리더니 서도석과 깡패 열댓 명이 안으로 뛰어들었다. 모두 무기들을 들고 있었다.

"석강호부터 빨리 병원으로 옮겨라."

"예! 형님!"

서넛이 달려갔다.

강찬은 다시 홀을 가로질렀다.

'끄응.'

부러진 뼈가 살을 헤집는 고통이었다.

"그거 줘 봐라."

강찬이 손을 내밀어 깡패가 들고 있던 쇠 파이프를 받았다.

공손한 인사는 중요한 게 아니다. 업혀 나가는 석강호의 생사도 모른다. 하지만 마무리는 반드시 챙겨야 한다.

부웅!

"컥!"

갱 하나가 어깨를 얻어맞고 바닥을 굴렀다.

퍼억! 퍼억!

양쪽 어깨뼈와 무릎 하나를 완전히 부순 강찬도 옆구리의 끔찍한 고통에 치를 떨었다.

"여긴 한국이야, 이 개새끼들아."

강찬은 남은 두 놈의 어깨와 무릎도 깨끗하게 정리했다.

땡그랑.

던진 쇠 파이프가 바닥을 구를 때, 강찬은 널브러져 있던 맥주병을 잡았다.

파삭.

그는 탁자를 내리쳐 병의 날을 세운 다음 스미든에게 다가갔다.

"스미든."

머리칼을 움켜쥔 강찬은 놈의 귀에 입을 가져갔다.

"죽이지는 않으마. 병원에도 보내 주지. 대신 오늘 이후로 여자와 자는 일만은 포기해야 할 거야."

감싼 오른쪽 눈의 진액이 볼과 턱에 흥건했다.

"오래 살아라, 스미든. 지겹도록 오래."

협박이 아니다. 배신한 건지, 배신한 놈에게 붙인 것인지도 알고 싶지 않았다.

더러운 놈에게 후련한 벌을 주고 싶을 뿐이었다.

"샤흐란… 샤흐란이 팔았어."

"늦었어, 멍청아."

강찬은 피식 웃은 다음 깨진 병을 보았다.

"다이아몬드와 마약이다. 강유모터스를 이용하려는 거야."

강찬은 잠시 참을 수밖에 없었다.

제3장

잘되신 거죠?

GOD OF BLACK FIELD

"다시 말해 봐."

"샤흐란……."

"그거 말고!"

어차피 불어라 깡패들은 못 알아듣는다.

존경 어린 시선으로 강찬을 바라보는 놈도 있었다.

"마약, 마약이다. 이번에 수입하는 차에 마약이 실려 온다."

"말이 앞뒤가 안 맞잖아. 서정모터스에 준다면서!"

"잔금을 나중에 받는 조건으로 오십 대를 줄 거였어. 강유가 판매할 때마다 차를 넘겨주는 조건으로. 그 전에 마약을 빼돌릴 계획이다."

뭐라는 건지 다 이해하진 못했으나 아무튼 강대경이 위험해지는 것만은 분명해 보였다.

콰작.

"끄아아."

강찬은 깨진 병으로 스미든의 왼쪽 어깨와 가슴 사이를 세차게 찍었다.

강찬의 손에도 깨진 병 조각이 가득 박혔으니 스미든의 상처는 말할 것도 없었다. 아직 오른쪽 팔이 남았다. 이 새끼는 힘이 워낙 좋아서 이대로 두면 안 된다.

"어? 이게 뭐야?"

그때 갱을 잡아 일으키던 놈들이 놈의 품에서 기묘하게 생긴 칼을 한 자루 꺼냈다.

쿠크리.

배 부분이 볼록하게 나오고 아래로 휘어서 주로 목이나 몸뚱이를 벨 때 사용하는 칼이었다.

진작 좀 꺼내지. 그랬으면 병에 손을 안 다쳤을 텐데.

"그거 이리 줘 봐."

놈이 잽싸게 쿠크리를 강찬에게 건넸다.

"왼쪽은 다예루, 오른쪽은 나."

푸욱!

"끄악! 끄아악!"

오른쪽 어깨와 가슴이 연결된 부위다. 앞으로도 스미든은 오른팔에 힘을 쓰지 못할 거다.

"이 새끼까지 병원으로 옮겨라."
"알겠습니다, 형님."
 옆구리가 워낙 아파서 병 조각이 박힌 오른손은 통증조차 느껴지지 않았다. 강찬은 깡패들을 따라 홀의 주방을 가로질렀다. 뒤쪽으로 조그만 철문이 열리자 커다란 승합차가 문을 막고서 사람들의 시선을 가리고 있었다.

⚜ ⚜ ⚜

 병원에 도착하기 전에 깡패들이 연락해 놓아서 의사가 기다리고 있었다. 의사는 연신 실려 오는 환자들을 보며 커다랗게 한숨을 내쉬었다. 그러고 보니 이름도 모른다.
"앞에 왔던 석강호는 어떻게 됐습니까?"
"경과를 봐야 합니다."
 개새끼. 살았구나.
 강찬은 맥이 탁 풀리는 느낌이었다.
 의사는 스미든과 갱들을 따라갔고, 강찬은 이제까지 담당했던 간호사가 핀셋으로 병 조각을 하나씩 빼내 주었다. 치료를 마친 간호사가 난처한 얼굴을 했다. 오른손까지 붕대를 감으면 영락없이 벙어리장갑을 낀 꼴이라 그런 모양이었다.
"왼손 붕대를 풀죠."
"예."

"그런데 여기 선생님 성함이 어떻게 됩니까?"

강찬의 질문이 끝나기도 전에 의사가 들어섰다.

"유헌우요."

쓴웃음이 나오는 등장이었다. 간호사는 강찬의 말대로 붕대를 교체해 주고 자리를 피했다.

"괜찮소?"

의사 유헌우가 강찬의 얼굴을 살필 때였다. 강찬이 상체를 움직이다가 옆구리를 감싸며 인상을 버럭 썼다.

"어디 봅시다."

의사는 손으로 옆구리를 꾹꾹 눌렀고, 그럴 때마다 신음이 절로 나왔다.

"사진을 찍어 봐야겠는데요."

그 자리에서 결과가 나온다는 말에 엑스레이를 찍었다.

"여기 보이죠. 왼쪽 갈비뼈가 세 대나 나갔어요. 이건 금이 간 정도가 아니라 아예 으스러지기 직전인데? 이러고 걸어와서 내 이름을 물어요?"

"들여다보이질 않으니까 많이 다쳤나 보다, 했지요."

의사는 아예 괴물을 보는 듯한 눈이었다.

"입원합시다. 여기서 더 무리하면 뼈가 부러져서 장기를 찔러요."

"붕대만 감아 주세요."

"강찬 씨."

샤흐란이 남았다. 놈은 스미든처럼 미련하지도, 여자의 유혹 따위로 일을 망치지도 않는다.

게다가 갱이 더 있을지도 모를 일이다.

"최대한 꽉 묶어 주세요. 내가 병원에 누워 있으면 전에 보셨던 두 분이 위험해집니다."

"흐흠."

유헌우는 침울한 표정으로 한숨을 쏟아냈다.

"이 정도면 작은 조각이 폐나 장기를 찔렀을 확률도 높아요. 어려운 의학 용어 댈 것도 없을 위험하단 말입니다. 죽어서 오고 싶어요?"

"그럼 장기를 왕창 꺼내서 파세요."

"여기저기 찔린 장기를 누가 삽니까?"

모처럼 한 농담을 유헌우가 절묘하게 받아 냈다.

"묶어 주세요."

"뭐 때문에 이럽니까? 하고 싶은 일이 뭔지는 몰라도 가는 길에 쓰러질 수도 있어요."

유헌우의 시선에 담긴 답답함을 모르지 않는다. 하지만 샤흐란을 잡아야 했다. 더구나 스미든의 말대로라면 강대경의 사업을 바로잡을 기회일 수도 있었다.

"제가 안 가면 모든 것이 망가집니다. 어쩌면 어머니가 돌아가실 수도 있어요."

유헌우가 입술을 모아 좌우로 뒤튼 다음, 고개를 끄덕였다.

"알았소. 그럼 불편하더라도 절대로 벗지 말고, 끝나는 대로 바로 병원으로 와야 합니다."

그는 잠시 나갔다가 흉갑과 같은 가슴 틀을 가지고 들어와 강찬에게 묶어 주었다. 어쩌면 미쉘보다 더 사람들의 시선을 끌 모습이었다.

"절대로 풀 생각하면 안 됩니다."

글자 그대로, '어떻게 알았지?'다.

보기 흉하지만, 움직이거나 숨쉬기는 한결 편했다.

치료실을 나온 강찬이 5층으로 올라가자, 오광택이 보낸 동생들이 복도에 쭉 늘어서 있다가 지겹고 지겨운 인사를 했다.

강찬은 우선 석강호의 병실로 갔다.

믿고 있었나 보다. 그래서 병실에 들어섰을 때 툴툴거리며 담배를 달랄 줄 알았다. 그런데 석강호는 목에 플라스틱 틀의 깁스를 한 채, 의식이 없었다.

강찬은 침대 옆에서 석강호를 내려다보았다.

"마무리하고 오마."

멍청한 놈. 고마운 새끼.

힘에 부치면 조금이라도 피하지, 성격만 남은 데다, 강찬을 덮칠까 봐 악착스럽게 덤볐을 거다.

세호토 브니므에 마약까지, 생각보다 일이 더 커졌다.

새롭게 등장한 두 가지만 가지고도, 절대로 어설프거나 조용하게 끝나기는 틀린 일이었다.

"멍청아, 내가 올 때는 깨어 있어."

갑자기 외롭다는 생각이 들었다. 머리를 한번 만져 줄까 하다가 징그럽다는 생각이 들어서 그냥 병실을 나왔다.

스미든과 갱들은 석강호의 옆방에 있었다.

입구를 지키던 깡패 둘이 벌떡 일어나 인사하는데 약간 떨어져 양쪽에 2개씩, 모두 4개의 침대가 놓였다. 스미든은 얼굴과 상체를 완전하게 붕대로 감았고, 갱들은 그나마 얼굴과 눈을 내놓고 있었다. 강찬에게 코가 함몰된 갱이 야비하게 웃으며 고개를 저었다. 잘못 건드렸다는 뜻이다.

강찬이 피식 웃는 것을 보면서도 놈은 여유가 있었다.

"방심한 건 인정하지만, 너와 가족들은 살아남지 못해."

심지어 '협박씩이나?' 한다.

마무리를 제대로 안 하면 꼭 이렇다.

강찬은 방에 있던 깡패 둘을 보았다.

"가서 쿠크리 가져와."

"예, 형님?"

"이 새끼들이 가지고 있던 칼."

"알겠습니다, 형님."

한 놈이 급하게 나갔다.

오광택의 도움을 이렇게까지 받고 싶지는 않았다. 그러나 눈앞의 놈들을 감시해야 하는 데다, 석강호를 지키기 위해서는 어쩔 수 없는 일이었다.

 수렁? 죽음을 각오한 싸움터가 아프리카에서 서울로 바뀐 것뿐이다. 이놈들은 고등학교 일진이나, 주차장파의 깡패들과는 또 달라서 그에 걸맞은 마무리가 필요했다.

 밖에 나갔던 놈의 손에 쿠크리가 들려 있는 것을 보자, 갱의 웃음이 사라졌다. 스미든의 눈알을 터트리고, 마지막에 어깨를 쑤신 것이 기억난 모양이었다.

 강찬은 쿠크리의 손잡이를 잡아 뺐다.

 의사인 유헌우에게는 미안하지만, 이놈들은 맥주병에 찔린 것으로 오래 누워 있지 않는다. 방심하는 순간, 방을 지키는 두 놈을 물론이고, 옆방의 석강호도 살아남기 어렵다.

"정말 가족들을 죽일 생각이냐!"

 피식.

"우린 사업차 온 프랑스인이야!"

"그건 대사관에 가서 말하고."

 다른 두 놈은 결과를 짐작한 것처럼 인상을 찌푸렸다.

"우리가 누군 줄 알면서……."

"떼뚜아(닥쳐)!"

 쿠크리는 격투를 위해 가지고 다니는 것이 아니다.

 총으로 무릎 근처를 쏴서 주저앉힌 다음, 주로 목을 딸 때 쓰였다. 가족들이나 주변 사람이 보는 앞이면 효과가 더욱 좋고, 아니라도 총에 맞아 죽은 것보다는 전해지는 충격이 컸다.

만약 이놈들에게 총이 있었다면 강찬과 석강호는 이미 죽었어야 맞다. 허벅지나 무릎에 총상을 지니고 목을 깊숙하게 베인 채로 말이다.

이제부턴 지키기 위한 싸움이다.

어려운 싸움일수록 기본에 충실히 하는 게 결과도 좋다. 그리고 기본 중의 기본은 바로 완벽한 마무리에서 시작된다.

"퀴탕 메흐드!"

강찬이 다가서자 놈이 씹듯이 뱉은 말이다.

억지로 번역하자면 '씨발' 쯤 될까?

푹. 푹. 피읏! 피읏! 푹. 푹.

강찬은 대가리를 쳐들고 협박을 하던 갱 놈의 어깨와 겨드랑이를 찌르고, 어깨 근육을 그어 버렸다. 날이 넓어서 효과는 기대 이상이었다.

옆에 누워 있던 두 놈이 억지로 눈에 힘을 주었다.

겁먹은 표를 내지 않기 위해서다.

푹. 푹. 푹. 푹.

그런다고 봐줄 것도 아니어서 강찬은 비슷하게 네 곳씩을 찔러 버렸다. 이제 병원에서 사고가 날 확률은 확실히 줄었다.

"이 새끼들 다른 방으로 옮겨 가."

두 놈이 밖에 있던 놈들을 불러 침대를 끌고 나갔다.

간호사의 놀란 소리가 들렸으나 그건 중요하지 않았다.

"스미든, 이 배신자 새끼."

이 새끼의 다리가 건재한 한, 아직 위험이 남은 거다.

"난 몰랐어! 우리 구대까지 전멸한 줄 알았던 샤흐란이 구조대와 함께 왔는데 내가 살아 있었던 거야. 그것뿐이야!"

"그런데 왜 샤흐란의 뒤를 닦아? 그놈이 배신한 걸 알렸어야지."

스미든은 말이 없었다. 이놈을 걸어 다니게 두면 반드시 사고가 터진다. 강찬은 마무리를 지을 생각이었다.

"다이아몬드야. 다이아몬드 때문에 샤흐란이 우릴 팔았던 거야. 정신이 들었을 땐, 갱들까지 있어서 난 선택의 여지가 없었어."

"구출되자마자 병원에서 배신을 알렸어야지!"

피웃.

강찬은 스미든의 왼쪽 허리 근육을 그어 버렸다.

"끄어억!"

스미든의 상체가 둥그렇게 올라왔다.

"샤흐란 말고 몇 놈이나 더 있지?"

"둘! 둘!"

"무기는?"

"글록 19!"

결국, 권총을 가지고 있었다. 이놈을 클럽에서 잡지 않고 화요일에 만났다면 분명 총을 가지고 나왔을 확률이 높았다.

피웃!

강찬은 마지막으로 마무리를 확실히 하고 병실을 나왔다. 옆방에 들어가던 간호사의 시선 속에 공포와 경멸이 함께 담겨 있었다.

일단 호텔에 갈 생각이었다.

오늘 중으로 끝낸다. 제 놈이 아무리 막 나가도 특급 호텔에서 함부로 총질을 해 대기는 어렵다.

"강찬 씨!"

유헌우가 몹시 화난 표정으로 강찬에게 다가왔다.

"병원에서 이러면 나도 더는 치료 못합니다."

이 사람은 자신의 일에 충실한 거다.

강찬 역시 그렇다.

"프랑스에서 가장 악명 높은 갱들입니다. 아까처럼 두고 나갔으면 석강호와 복도에 서 있는 멍청한 놈들 대여섯은 말할 것도 없고, 간호사와 선생님도 죽을 수 있습니다. 그래도 모른척하고 나갑니까?"

유헌우가 침을 꿀꺽 삼켰다.

"죽이거나 죽지는 않았습니다. 대신 애꿎은 다른 사람이 죽을 것을 알고도 그냥 두지도 못합니다. 말씀하시면 이 시간 이후로 이 병원은 안 찾겠습니다."

진심이었다. 원하지 않는 곳에 와서 매달리고 싶지도 않았거니와, 마무리를 확실히 하지 못해 후회할 일을 남기고 싶지도 않았다.

"아직 남은 거요?"

"셋이 있고, 둘은 권총을 가졌답니다."

왜 그런지 몰라도 유헌우를 속이고 싶지는 않았다.

한국말이라 복도의 깡패들이 모두 알아듣는데도 말이다.

"헬리콥터로 탈옥을 시도한다는 갱들이 저 사람들인가요?"

강찬이 피식 웃었다.

저놈들이 저지른 끔찍한 살인들을 들으면 아마 장기를 꺼내 팔겠다고 나설지도 모른다.

"의료보험도 아닌 짭짤한 환자를 뺏길 수야 없지요. 기다리고 있을 테니 다른 곳으로 가면 안 됩니다."

말을 마친 유헌우는 스미든의 방으로 들어갔다. 지친 기색이었는데 포기할 마음은 없어 보였다.

"저쪽의 세 놈은 방심하지 마라."

"알겠습니다, 형님."

꼭 방심할 것 같은 투의 대답이었다.

샤흐란과 갱 둘을 어떻게 처리할지가 문제였다. 방에 올라가기도 그렇고, 무턱대고 불러낸다고 나올 것 같지도 않고.

하나씩 해치워야 한다.

어쩌면 스미든 새끼가 강찬 이야기를 한 후에, 클럽에 내려왔을지도 모르는 일이다. 아무튼, 최대한 서둘러서 해결해야 했는데 가장 급한 것은 호텔로 돌아가는……

강찬은 잠시 걸음을 멈추고 생각했다.

스미든이 비밀을 다 알고 있는 거다.

그러니 오히려 샤흐란이 애가 타야 맞다.

오죽했으면 여자를 만나러 클럽에 간다는 놈에게 갱 셋을 붙였을까? 누구 속이 더 탈까? 강찬은 마음을 굳히고 다시 스미든의 방으로 들어갔다.

유헌우와 간호사가 스미든의 허리쯤을 꿰매다가 그를 돌아보았다.

"스미든."

눈을 가렸을 때의 공포가 있다.

스미든은 고개를 좌우로 돌려 가며 상황을 파악하려 애썼다.

"다이아몬드를 팔아서 만든 돈은 어쨌어?"

붕대로 칭칭 감아 놓아서 강찬도 스미든의 표정을 볼 수 없었다.

"내 앞에서 잔머리를 굴려?"

불어로 말을 하자, 유헌우와 간호사가 황당한 얼굴로 강찬을 보았다.

"은행에 있어. 방크 스위스."

"그런데 왜 널 살려 뒀지? 나중에 죽였으면 끝난 거잖아."

"계좌 패스워드를 나눠 가졌어. 내가 절반, 샤흐란이 절반. 그래서 날 죽이면 절대로 돈을 못 찾게……."

스미든은 이렇게까지 똑똑한 놈이 아니다.

"넌 그렇게 똑똑한 놈이 아니잖아. 마지막 경고다. 잔머리 굴리지 마라. 샤흐란이 왜 널 살려 뒀지?"

"내가 생각해 낸 게 아니라 병원에 찾아온 샤흐란이 그렇게 만들어 준 거야. 절대 입 열지 말라고! 천만 유로가 아직 남았다!"

사람 머리통만 한 다이아몬드도 아니고…….

"블랙헤드?"

"맞아! 차니! 블랙헤드!"

아프리카의 다이아몬드 광산에서 수십 년에 한 번씩 나온다는 다이아몬드 원석, 블랙헤드. 보는 순간, 욕망이 생기고, 그걸 이기지 못하면 죽음으로 인도한다는 저주의 다이아몬드다. 강찬도 본 적은 없었다.

"마약은?"

"샤흐란이 샘플만 가지고 있다."

염병! 자칫하면 마약도 처리해야 한다.

"누가 사는 거야?"

"그건 몰라, 차니. 나는 그것까진 정말 몰라."

"은행 비밀번호."

스미든은 마지막 생명줄을 놓지 않으려는 듯 입을 열지 않았다.

"선생님, 잠깐 나가 계시죠."

"강찬 씨, 제발. 여기서 더 하면 이 환자는 죽어요."

"죽이지는 않겠습니다."

한국말이 오가자 스미든이 불안한 듯 고개를 좌우로 움직였다. 돈을 탐내진 않는다. 게다가 샤흐란이 말해 주지 않으면 반쪽짜리 비밀번호로 찾을 길도 없다. 다만, 놈을 완벽하게 끌어내기 위해서 놈에게 최소한의 증거 미끼는 가지고 있을 필요가 있었다.

"스미든, 비밀번호."

강찬의 눈빛에 유헌우가 커다란 한숨과 함께 뒤로 물러나는 순간이었다.

"스미든… 스미든 0702 오브 0913 아프리카."

이런 개새끼!

⚜   ⚜   ⚜

스미든의 방에서 나온 강찬은 전화기가 없어진 것을 알았다. 클럽에서 싸우는 와중에 빠진 모양이었다.

"광택이 연결 좀 해 봐."

"예, 형님."

싸움은 이미 시작되었다. 이기고 본다.

깡패 놈이 공손하게 건넨 전화를 강찬이 받았다.

[무슨 일이야? 너 외국어도 해?]

신기하고 기가 막힌 오광택의 심정이 음성에 그대로 담겨 있었다. 강찬은 다른 깡패들을 피해 구석으로 걸음을 옮겼다.

"남산호텔에 마약 샘플이 있단다. 아는 거 있냐?"

[뭐?]

혹시 이 새끼가 마약을 사는 놈?

강찬은 날카롭게 복도에 선 놈들을 보았다. 한순간에 적으로 돌아설 수 있다는 생각에서였다.

[똑바로 말해 봐. 남산호텔에 마약이 있다고?]

"샘플!"

[그게 그거지! 어떤 새끼들이야? 어떤 개새끼들이 남의 업장에서 허락도 안 받고 지랄들을 한다는 거야?]

살짝 안심은 되었다.

그러나 방심은 금물이다.

[야! 어떤 새끼야? 어떤 씨발 놈이냐구!]

"프랑스 놈 셋이 샘플을 가지고 있단다. 그럼 사는 놈이 있다는 뜻이잖아."

[그 새끼들은 모르고?]

"내 말을 듣기는 하냐? 모른다니까. 그리고 저놈들, 세흐토 브니므라고 프랑스 깡패인데 두 놈이 총을 가졌단다."

[쎄이토?]

마치 일본 조직 이름처럼 들렸다.

"오늘 끝장 볼 생각이다. 내가 불러낼 테니까 적당한 장소 좀 알아봐라. 만약 안 나오면 호텔로 갈 생각이다."

[야! 클럽도 겨우 무마했다. 그나마 지금 문을 열어서 다행이지, 아니면 개고생할 뻔했어. 밖으로 끌어내자. 남양주 강가에 조용한 별장 있으니까 그리로 해. 내가 병원이랑 호텔에 차 보내 놓을 테니까 그거 이용하고.]

"알았다. 그리고 프랑스 놈들, 만만한 놈들 아니니까 잘 생각해라. 걔들이 복수하려고 마음먹으면 일 커진다."

[지미! 내 바닥에서 고갤 숙이라구? 까는 소리 말고 필요한 거 있으면 뭐든 애들 시켜. 나도 움직일 테니까. 어디로 가? 호텔? 아니면 남양주에 가 있어?]

당장은 빠지란다고 말을 들을 것 같지는 않았다.

[그런데 정말 이상하네. 어떤 놈이든 마약 거래하면 내 귀에 안 들어올 수 없는데? 뽕쟁이 새끼들을 뒤져 봐야 하나?]

"복잡하게 하지 말고."

[알았다. 일단 어디로 갈 건지 정해지면 알려 줘.]

전화를 끊은 강찬이 고갯짓을 해서 깡패 한 놈을 불렀다.

"호텔 번호 좀 알아와."

"제가 압니다, 형님."

얼추 10시쯤 되었다.

깡패 놈이 재빠르게 번호를 누른 후, 전화를 건네주었다.

[남산호텔입니다. 무엇을 도와드릴까요?]

"1901호, 샤흐란 씨 부탁합니다. 강찬이라고 전해 주세요."

[잠시만 기다리세요.]

통화 대기음이 들렸다.

'받아라, 샤흐란.'

[알로.]

샤흐란의 목소리가 아니었다.

"샤흐란 씨 부탁합니다."

[전화받기 곤란합니다. 내용을 알려 주면 전달하지요.]

일이 조금 틀어진 느낌이었다.

"알겠습니다. 그럼 메모 부탁하죠. 적을 준비, 됐습니까?"

잠시 부스럭거리는 소리가 들렸다.

샤흐란이 정말 없나?

"방크 스위스, 마약, 그리고 갓 오브 블랙필드가 기다린다고 전해 주세요."

전화기 건너편에서 답은 없었다.

강찬은 그대로 전화를 꺼 버렸다.

앞에 서 있던 놈이 묘한 표정으로 강찬을 보고 있었다.

이 새끼들은 프랑스어만 뱉어 내면 급격하게 존경하는 눈빛을 한다.

"서도석이 번호 알아?"

"예, 형님?"

"남산호텔, 서도석이 번호 아냐고?"

놈이 인명부를 찾아 통화 버튼까지 누른 다음 건네주었다.

[왜!]

"나 강찬이다."

[서도석입니다, 형님.]

건방지던 목소리가 삽시간에 공손해졌다. 이것도 재주다.

"샤흐란이라고 프랑스 놈, 혹시 로비 주변에 있냐?"

[스미든이라는 외국인의 행방을 찾는 사람이 클럽에 내려온 적은 있습니다.]

"뭐라고 그랬어?"

[클럽 영업 전에 들렀다가 나갔다고 했답니다.]

"처음 함께 온 일행 중에 남은 놈이 몇이냐?"

[확인하고 전화 드리겠습니다, 형님.]

"이왕 알아봐 주는 거, 지금 샤흐란 놈이 어디 있는지, 혹시 오늘 방문한 놈들이 있는지, 있다면 그놈들이 누군지까지 알아봐서 이 번호로 알려 줘. 참! 클럽에 내 전화기 안 떨어져 있던?"

[알아보고 전화 드리겠습니다, 형님.]

하기야 이 새끼가 직접 청소하지는 않았을 테니까 그것까지 알기는 어려울 일이다.

"담배 있냐?"

최근에 이상하게 남의 담배를 달라는 일이 잦았다. 이러고 라이터 안 돌려주는 게 제일 짜증 나는 일인데. 전화기를 건네준 강찬은 복도 끝의 철문을 열고, 바깥쪽 계단으로 나갔다.

찰칵찰칵.

"후우!"

후덥지근한 바람 중간에 선선한 기운이 섞여 있었다.

강남 한복판에서 이런 일이 벌어지고 있는 것을 아는 사람이 몇이나 될까?

강찬은 계단 난간에 걸쳐서 잠시 생각에 잠겼다.

석강호가 없어서 서운했다.

이래서 하루에 한 번은 밥이라도 같이 먹으려고 했었을까?

담배를 끄고 숨을 길게 내쉴 때, 문이 열리더니 깡패 한 놈이 서도석이라며 전화를 건네주었다.

"알아봤냐?"

[샤흐란이란 프랑스 사람은 레스토랑에서 한국인 손님과 이야기를 나누고 있습니다. 그쪽 지배인 말로는 자동차 회사 관계자처럼 보인답니다.]

서정모터스를 이 밤에 만나?

그럼 오전에 전화했을 때, 만난 놈들은 누구지?

[그 외에 남은 외국인은 두 명인데 지금 레스토랑에 내려와 샤흐란이란 사람과 같이 있습니다.]

조금 전에 남겨 두었던 강찬의 메모를 전하기 위해 내려갈 수도 있었다.

"수고했다."

[참, 전화기는 찾지 못했습니다.]
"알았다."
　이 정도면 스미든이 거짓말하지 않았다는 것은 확인됐다. 하기야 강찬이 어떤 성격인지 아는 놈이라, 평생 여자를 잊고 지낼 것이 아니라면 거짓을 섞지는 않았을 거다.
　강찬은 전화를 끊고 잠시 짬을 두었다.
　이제 승산은 이쪽에 있다.
"서도석이한테 다시 전화해."
"예, 형님."
　놈이 공손하게 전화를 건네주었다.
　[왜! 바쁜데…….]
"강찬이다."
　[예, 형님.]
　하여간 재주다.
"그놈들 방으로 올라가면 바로 알려 주고, 내가 밖으로 불러낼 거다. 시간 충분하니까, 그놈들 방을 싹 뒤져."
　잠시 머뭇거린 다음, 답이 나왔다.
　[방을 뒤지는 건 제 힘으로 안 됩니다, 형님. 아마 광택이 형님이 시키셔도 어렵지 싶습니다. 사망이나, 장기 미납 투숙, 화재 같은 긴급한 상황에서만 가능합니다, 형님.]
　그럴 수도 있겠다.
"알았다. 그럼 방에 올라가는 대로 알려 주라."

담배 하나를 더 꺼내 반쯤 피웠을 때 전화가 왔다.

[방으로 올라갔습니다, 형님.]

"알았다."

엘리베이터 타는 시간을 계산해서 강찬은 담배를 마저 피운 다음, 호텔로 전화를 걸었다.

[알로?]

샤흐란이었다.

"강찬이다."

샤흐란은 잠시 말이 없었다.

"필요한 것 같아서 전화했는데 생각 없다면 그만두지."

[스미든에게서 들은 모양인데, 갓 오브 블랙필드의 말뜻도 모르면서 지껄여 대지 말고 스미든이 어디 있는지만 알려 다오. 그러면 이번 자동차 수입 독점권을 주마.]

이건 뭐지? 혹시……?

샤흐란은 스미든이 배신한 것으로 오해하는 모양이었다. 하기야 다른 사람 몸으로 다시 태어났을 거라 짐작하는 것보다 훨씬 이성적이긴 하다.

이럴 땐, 샤흐란에 맞춰주는 것도 나쁘지 않겠다.

"강유모터스는 계약금을 지불할 돈이 없어."

[그 점은 염려 마라. 오십 대분 계약금으로 깨끗하게 확정해 주마. 그러니 어설프게 더 끼어들지 말고 스미든이 있는 곳을 말해.]

"계약 확정이 먼저야."

[이 건에는 네가 상상도 못하는 조직이 끼어 있어. 그러니 재롱 그만 부리고 스미든이 있는 곳을 대.]

"계약 먼저, 샤흐란. 한 마디만 다른 소리를 지껄이면 이대로 스미든은 영영 없어진다고 생각하면 돼."

샤흐란의 대꾸가 없자 강찬은 속으로 '아차' 했다.

샤흐란은 이런다고 약해지는 놈이 아닌데.

'쯧!'

성격이 그런 걸 어쩌겠나.

[계약이 이루어진 다음에 스미든이 우리에게 넘어온다는 것을 어떻게 보장하지?]

그런데 미끼가 워낙 좋았나 보다.

"아쉬운 것은 내가 아니야, 샤흐란. 방크 스위스의 돈이 적지 않던데?"

[흠.]

꽤나 깊은 신음이었다.

[내게 전결권이 있더라도 계약을 공증하고 발표하는 데는 시간이 걸린다.]

"그런 변명은 샤흐란답지 않아."

[너는 정말 내가 예전에 알던 강찬 같구나.]

이번에는 강찬이 입을 다물었다.

묘한 상황에서 굳이 '갓 오브 블랙필드'라고 말해 봐야 스미든에게서 들은 말로 억지 부린다고 생각할 게 뻔했다.

[스미든과 함께 있나?]

"그렇지 않다면 블랙헤드니 방크 스위스를 어떻게 알겠나?"

[알았다. 그렇다면 내일 열 시까지 호텔 비즈니스 센터로 와라. 그곳에서 계약을 체결하고 마무리를 짓자.]

샤흐란은 이런 면이 무섭다. 아무리 급해도 짚을 건 짚고, 뒤를 남기지 않을 계획이 없다면 함부로 나서지 않는다.

[왜 대답이 없지?]

내일 강대경에게 꼬리가 붙으면 유혜숙까지 위험해지는 것은 아닐까?

"알았다. 오전 열 시, 비즈니스 센터."

[계약이 체결되기 전에 스미든을 확인할 수 있게 해.]

전화는 그것으로 끊겼다.

과연 샤흐란이다. 반대로 정말 먹음직한 미끼를 던져서 호텔로 스미든을 데려오게 만들었다. 의심은 가지만, 샤흐란이 포기하기에 천만 유로는 너무 큰 금액이고, 반대로 이쪽은 자동차 수입 계약이 절박했다.

벌써 10시 30분이다.

호텔로 스미든을 데려가는 것도 그렇지만, 계약 소식을 강대경에게 알리는 것도 급했다. 얼굴은 여기저기 멍이 들었고, 가슴엔 흉갑을 찬 데다, 오른손은 붕대를 감았다.

강찬은 할 수 없이 강대경에게 전화를 걸었다.

[여보세요?]

"저 찬이에요."

[찬이냐? 어디야? 왜 그렇게 전활 안 받아?]

강대경은 화를 억누르는 음성이었다. 곁에서 '찬이에요?' 하는 유혜숙의 음성도 들렸다.

[엄마가 얼마나 걱정했는데. 지금 들어올 거지?]

"바로 갈게요."

유혜숙의 건강이 예사롭지 않다는 이야기를 듣지 못했다면 아마 오늘 밤은 집에 들어가지 않았을 거다.

계약 건만 전화로 알려 주면 되는 일이다.

하지만 강찬은 일단 집으로 가기로 했다.

내일 오전 10시까지 여유도 있다.

강찬은 우선 옷을 구해 오라고 시키고, 먼저 서도석에게 전화를 걸었다. 내일 오전 10시, 비즈니스 센터 예약을 확인해 보고, 밖으로 나가거나 다른 방문객이 있으면 따로 연락하라고 알렸다. 물론 잊지 않고 오광택에게도 전화했다.

내일 10시, 호텔에서 만나기로 했으니 그때 해결하겠다고 전했다. 전화를 끊고, 흉갑을 벗은 후, 급하게 사 온 옷으로 갈아입고, 운동화까지 신었다.

⚜ ⚜ ⚜

강대경은 유혜숙이 누운 침대 곁에 있었다.

"아들 온단다. 됐지?"

기운이 빠져 힘이 하나도 없는 얼굴을 하고서도 유혜숙은 웃었다.

"아들이 그렇게 좋냐?"

"당신을 만나서 제일 감사한 일이 찬이를 얻은 거네요."

강대경이 기가 막힌 표정으로 유혜숙을 보았다.

"하기야 찬이 낳을 때 보고 알았다. 혈액을 육백 팩이나 쓰고도 멈추지 않던 피가 찬이를 안아 본 후에 멈췄으니까. 그때 의사 선생 기억나? 감동받아서 울먹이기까지 했잖아."

"그 얘길 왜 또 꺼내?"

"나중에 찬이가 장가갈 때 다 말할 거네. 중환자실 앞에서도 죽기 직전까지 버티다가 아들이 깨어났다니까 피가 멈췄다고. 당신 솔직히 말해 봐. 그때 같이 죽을 생각이었지?"

"당신을 놔두고 어떻게 그래?"

"어이구! 입에 침이나 바르고 말해라."

"미안해, 여보."

유혜숙이 강대경의 손을 쓸어 주었다.

"알면 털고 일어나. 당신 자궁근종 때문에 한 번만 더 출혈이 생기면 심각해진다잖아. 찬이를 봐서라도 당신이 독하게 마음먹어야지."

유혜숙이 '그렇게.' 할 때, 강대경의 전화가 울렸다.

"이 시간에 무슨 일이지? 여보세요?"

강대경이 의아한 얼굴로 전화를 받았다.

"예. 예. 예에?"

유혜숙이 무슨 일인가 해서 강대경의 표정에 집중했다.

"그게 정말입니까? 직접 확인하셨어요?"

믿기지 않는 모양으로 강대경은 재차 확인했다.

"변호사는요? 연락하셨고, 기자도? 내일 오전 열 시요? 전무님. 정말 다 확인하신 거 맞지요? 통역이 잘못 알아들을 리는 없는 거구요? 프랑스 본사 확인은 해 보신 거죠?"

몇 번이나 더 확인한 강대경이 전화를 끊고는 멍한 얼굴로 유혜숙을 보았다.

"무슨 일이야? 왜 그래, 여보?"

"찬이 때문에 계약하는 거라고. 이번 오십 대 분 계약금으로 앞으로 이십 년간 공트자동차의 한국 내 독점권을 인정해 준다고 했대."

"뭐어? 그게 무슨 소리야?"

유혜숙이 억지로 상체를 일으켜 침대 머리에 기대앉았다.

"여보, 그게 무슨 소리냐고?"

"찬이를 봐서 하는 계약이래. 공트자동차에서 전에 보낸 계약금으로 앞으로 이십 년간 독점권 인정해 주겠다고. 그것도 쉬프만이 아니라 공트가 생산하는 전 차량 독점권을 준다고 했대. 전무가 흥분해서 어쩔 줄 모르더라고. 내일 기자들 앞에서, 열 시에 계약하자고."
"여보, 그게 정말이야? 진짜야?"
유혜숙의 눈에 눈물이 가득 올라 있었다.
"그걸 모르고, 내가 빨리 들어오라고 소리 지른 건가?"
"우리 아들, 밥도 못 먹고 힘들었으면 어떡해? 그 어린 애가 이 큰일 해 내느라고 얼마나 마음 졸였을까?"

⚜   ⚜   ⚜

강찬이 아파트 입구에서 내리자, 태워다 준 깡패들이 기다리겠노라 했다. 그러라고 그랬다. 샤흐란이 알려고만 하면 얼마든지 강찬의 집 주소쯤 알아낸다. 내일 결판이 날 때까지 혹시 모를 일을 대비하는 마음이었다.
아파트 엘리베이터의 거울에 비친 강찬의 몰골은 흉했다.
스미든, 이 개새끼.
얼굴 윤곽이 틀어져 보였다.
석강호가 없었다면 어땠을까?
샤흐란은 이미 틀어진 일이라 생각하고, 스미든을 데리고 프랑스로 돌아가려는 것처럼 느껴졌다. 충분히 그럴 정도로 냉정한 인간이다.
'여기서 덮고 잊어야 하나?'
대원들을 팔아먹은 놈은 확실히 알았다. 그런데 꼬리에

붙은 스미든만 두들기고, 샤흐란을 그냥 보낸다면 먼저 죽은 놈들이 뭐라고 할까?

때엥.

엘리베이터가 우선 집에 들어가라고 알려 주었다.

강찬은 옆구리를 안고 숨을 조심스럽게 쉰 다음, 번호 키를 눌렀다. 문을 열었을 때, 강대경과 유혜숙이 안방에서 나오고 있었다.

"늦어서 죄송해요. 괜찮으세요?"

강대경과 유혜숙이 놀란 눈으로 강찬의 얼굴을 이리저리 살폈다. 게다가 더 살필 것도 없이 오른손에는 붕대도 감았다.

"왜 이래? 어쩌다가 이렇게 다친 거야?"

"운동하다가 그랬어요."

유혜숙이 울음을 달고 있어서 강찬은 강대경을 보았다.

"전화받았다. 네 덕분에 계약하는 거라고 하던데."

"전화가 왔었어요?"

"호텔에서 봤던 전무가 그러더구나. 내일 열 시에 계약하기로 했으니까 나오라던데. 혹시 네가 안다던 그분이 도움을 주신 거냐?"

"그런가 봐요. 잘되신 거죠?"

"아들."

유혜숙이 말을 잇지 못하고 강찬을 안았다.

"왜 우세요?"

"혼자서 얼마나 마음 졸였을까를 생각하니까, 엄마 마음이 찢어지는 거 같아."

"아버지가 하신 일이에요. 전 계약보다 어머니가 힘내실 게 더 좋아요."

강찬은 유혜숙을 안아 주었다.

따듯했다.

그리고 포근했다.

옆구리가 끔찍하게 아팠지만, 오늘 있었던 힘겨움이 눈 녹듯 녹아 버리는 느낌이었다.

제4장

그러니까 어쩌자구?

두 사람이 바보도 아니고, 얼굴에 난 상처를 물어보는 바람에 강찬은 느닷없이 권투를 시작했다는 거짓말을 하고 말았다. 그렇다면 손은? 그냥 다친 걸로 했다.

고마웠다. 계약보다 얼굴에 난 상처와 저녁을 먹었는지를 먼저 챙기는 강대경과 유혜숙의 마음이.

"왜 자꾸 우세요?"

"안 울려고 하는데 아들을 보니까 좋고, 안쓰러워서 그래."

"죄송해요."

"엄마가 미안해."

유혜숙이 길게 편 손가락 안쪽으로 눈물을 닦았다.

아름답고, 예쁘고, 안쓰럽고, 귀여웠다.

"엄마가 원래 이렇게 울보였어요?"

말을 하면서 강찬도 놀랐다. '엄마' 소리가 이렇게 자연스럽게 나올 줄은 몰랐다.

"뭘! 너한테만 그러지, 아빠한테는 아니다."

"이이는!"

"저 봐. 나는 늘 만만한 거지."

"내가 언제 그랬어!"

"알았다. 알았어."

강대경이 짓궂게 고개를 털고는 자리에서 일어났다.

"아들하고 바람 좀 쐬고 올게. 알지? 남자들끼리 이야기."

"애 힘들어. 쟤가 혼자 얼마나 마음 졸였겠어?"

"아니요, 괜찮아요."

강찬이 일어서자 유혜숙이 현관까지 따라왔다. 기운이 하나도 없는 모습이 안쓰러워 보였다.

"엄마."

"응, 아들."

"이제 정말 기운 내셔야 돼요."

"그럴게. 아들 마음 쓰지 않게 엄마가 힘낼게."

안아 주고 싶었다. 그러나 지난번처럼 갑자기 울음이 터질 것 같아서 손을 내밀지 못했다.

"금방 들어올게요."

엘리베이터를 타고 내려가며 강찬은 감정을 다스렸다.

오늘따라 벤치에 사람이 있어서 둘은 좀 더 들어가 화단을 꾸민 커다란 돌에 앉았다.
"혹시 그때 깡패들 도움을 받은 거냐?"
강대경은 계약이 마냥 기쁘지만은 않은 눈치였다.
"아버지."
"솔직하게 말해 다오. 엄마가 기뻐하는 것을 깨고 싶지 않아서 그냥 있었다만 아빠에겐 있는 대로 말해 주었으면 좋겠다."
강찬의 시선 앞에서 강대경은 힘겨운 얼굴이었다. 아들을 팔아 계약을 성사시킨다는 죄책감이 그의 눈에 담겨 있었다.
"거짓말을 하고 싶지 않아서 그래요. 이번 계약 건만큼은 나중에 말씀드리고 싶어요."
진심으로 이런 사람에게 거짓을 말하고 싶지 않았다.
"영화에서 본 것 같이 협박하고 그런 거냐?"
강찬이 풀썩 웃자 강대경이 멋쩍은 웃음을 달았다. 본인이 생각해도 엉뚱한 말처럼 느낀 모양이었다.
"계약을 따내려던 게 아니라 인터넷을 통해 부탁받은 일을 하는데 뜻밖에도 샤흐란… 씨가 먼저 제시한 거예요. 저도 좀 당황스러웠어요."
거짓 반, 진실 반이다.

"알았다. 그렇게 알고 있으마."

"고맙습니다."

"고맙다는 말은 아빠가 해야지. 엄마를 저렇게 웃게 해 줬으니까. 전무가 미친 사람처럼 전화했었다. 네가 대단하다고. 몰라봤다고. 그 통화를 엄마와 같이 귀 대고 들었다. 엄만 계약보다 그 통화를 더 좋아하더구나."

강대경이 커다랗게 숨을 들이마셨다.

"아빠가 신세 한번 크게 졌다."

그러고는 손을 뻗어 강찬의 어깨에 얹었다.

"올라가자. 아픈 엄마 목 빠진다."

세상엔 이렇게 멋진 아버지도 있었나 보다.

둘이 실없는 웃음을 웃으며 현관으로 걸었다.

"다치지 마라. 자식이 다친 걸 보면, 아무리 신경 쓰지 않으려고 해도 며칠은 내내 걱정되더라."

"예."

둘이 올라갔을 때 유혜숙은 소파에 있었다.

"누워 있지, 힘들게 왜 그러고 있어?"

유혜숙은 강찬을 보면서 배시시 웃었다.

"어이구, 병이다, 병! 그래서 아들 장가는 어떻게 보낼래?"

"장가가면 한 달에 한 번만 볼 거야."

"왜요?"

진심으로 의아해서 물어본 말이었다.

"그래야 아들하고 사이좋게 지낸대."

뭔 소린지 알아듣지 못했다.

"참! 석강호 선생님이 교통사고로 입원하셔서 오늘 밤은 그곳에 있고 싶어요."

하필이면 불과 일주일 전에 써먹었던 교통사고가 튀어나왔을까? 그러나 내친걸음이다.

"지난번에 곁을 지켜 주셨으니까 오늘은 제가 있어 드리려구요."

"힘들어서 어쩌니?"

유혜숙이 걱정하는 뒤에서 강대경이 힘겨운 얼굴로 강찬을 보았다. 내일 석강호의 문병을 하겠다는 유혜숙을 말리며 강찬은 강대경에게 도움을 청했다. 말은 필요 없었다. 그저 잠깐 시선을 맞췄을 뿐이다.

"내일 계약 끝내고 우리 맛있는 저녁 먹을까?"

"당신은 회사 사람들하고 회식이라도 해야지."

"그러네. 그럼 모레 저녁으로 하자. 괜찮지?"

"예, 그러죠."

유혜숙이 어쩔 수 없다는 듯 현관으로 따라 나왔다.

가뜩이나 힘겨워하는 두 사람에게 내일 학교를 빠져야 한다는 말은 차마 하지 못했다.

"안 안아 주세요?"

유혜숙이 머뭇거리는 걸 느껴서 건넨 말이었다. 자꾸만 그러면 강찬이 싫어하지는 않을지, 안고 싶은데 아들이 귀찮아하는 것은 아닌지 염려하는 얼굴이었다.

"아들, 사랑해."

"저두요, 엄마."

강찬은 유혜숙의 등을 다독였다.

강대경의 힘겨운 얼굴 앞에서였다.

⚜　　⚜　　⚜

강찬이 병원에 도착한 것은 자정이 살짝 넘은 시간이었다.

복도에 있던 깡패들이 거창한 인사를 하며 그를 맞았는데 뜻밖에도 반가운 소식을 전해 주었다.

"선생님이 깨어나셨습니다, 형님."

지금 이보다 반가운 소식이 있을까.

강찬은 빠른 걸음으로 병실에 들어섰다.

석강호는 천장을 보고 있던 눈을 한껏 옆으로 틀었다.

"살아났네?"

"아무렴 그 새끼 손에 죽을 줄 알았소?"

말을 마친 석강호가 '끄응.' 하는 신음을 뱉었다.

"대장은 다친 데 없소?"

"갈비뼈 금 가고 오른손 이렇게 됐다."

재밌다는 투로 피식 웃던 석강호가 인상을 버럭 썼다.

"담배 하나 주쇼."

"담배?"

없다. 집에 들어가야 해서 꺼내 놓은 참이다. 강찬은 밖으로 나가 또 담배를 얻었다. 내일은 담배 한 보루와 라이터 10개쯤 사서 갚아 줄 생각도 했다.

"자!"

강찬은 두 개비에 불을 붙여 똑바로 누워 있는 석강호의 입에 한 개비를 물려 주었다. 천장을 향해 머리가 고정된 석강호다. 공장의 굴뚝처럼 연기가 피어올랐다.

둘이서 한 개비씩을 더 피우는 동안 강찬은 지금까지 있었던 일을 천천히, 자세하게 설명해 주었다.

"잘됐소."

"그거보단 내일 샤흐란을 어떻게 할지가 문제야."

"아! 뜨거!"

강찬이 급하게 석강호가 물고 있던 담배를 받아 주었으나 이미 불똥이 볼에 튀었다. 이놈은 확실히 뜨거운 것과는 뭔가 맞지 않는다. 대충 휴지에 물을 묻혀 얼굴을 닦아 준 다음이었다.

"내일 샤흐란 그냥 보냅시다."

천장을 설득하기라도 하는 것처럼 석강호가 입을 열었다.

"아버님 계약도 그렇고, 꼴 보니 스미든 챙겨서 돌아갈 모양인데 고민할 것 없소. 이제 범인도 알았고, 스미든도 적당히 두들겼으니 고민하지 말고 보냅시다. 대장 다치는 꼴이나 아버님 계약 부러지는 것보단 그게 낫겠소."

"그렇지?"

"그렇소."

"내가 어떻게 할 것 같으냐?"

"지랄 맞게 끝까지 샤흐란 족치겠다고 하지 않겠소? 아후! 모가지야."

강찬이 풀썩 웃고 말았다.

"나 저녁 못 먹었소."

석강호는 이 와중에도 배가 고픈 모양이었다.

"김밥 사다 줄까?"

"그럽시다."

둘이서 히히덕거리며 웃고 난 다음, 강찬은 잊고 있었던 것이 생각났다.

"석강호, 내가 깜빡 잊은 게 있거든. 화내지 말자."

"뭔데 그러쇼?"

강찬은 그제야 침대 아래쪽으로 가서 레버를 돌렸다.

"젠장! 이런 게 있으면 담배 피울 때 좀 하지 그랬소?"

"화내지 말자고 했잖냐."

복도에 있던 깡패 한 놈에게 김밥과 몇 가지 주전부리를 사 오라고 시키고 강찬은 커피를 탔다.

"갈비뼈 금 갔다면서요?"

"커피 잔이 덤빌 것도 아니고, 그게 뭐 어때서?"

"자상해지셨소?"

"확!"

이상하게 유쾌했다. 김밥이 도착하자 석강호는 인상을 써가며 악착같이 두 줄을 먹었다.

"내일 우리 마누라한테는 교통사고라고 합시다."

"벌써 그렇게 됐다."

석강호의 눈알이 돌아왔으나 따로 설명하지는 않았다.

"이놈의 마누라는 보상금 많이 받으려고 할 텐데."

강찬은 물끄러미 석강호를 보았다.

"넌 안 헷갈리냐?"

"마음 굳혔다니까 그러쇼. 난 그냥 이대로 살기로 한 거요. 억울하게 죽은 놈들 분풀이했으니 됐고, 대장 옆에 있어서 내가 미친 거 아니란 것도 알았고. 어쩔 거요? 생긴 대로 살아야지."

어쩌면 정답일지 모른다. 하지만 강찬은 샤흐란을 그냥 보내는 것이 내키지 않았다.

"나 좀 움직이게 해 주쇼."

"그만하자."

"스미든, 그 개새끼를 꼭 한 번은 봐야겠소. 내일 호텔로 데려가면 더는 못 볼 거 아니요?"

이것까지는 말리기 어려웠다.

강찬은 복도 한쪽에 있던 휠체어를 가져와 석강호를 태우고 스미든의 병실로 향했다. 프랑스 갱과 떨어져 혼자 있던 스미든이 고개를 두리번거렸다. 눈을 온통 감싼 데다 사지를 붕대로 둘둘 말아 놓았는데 가슴과 배 아래쪽, 허벅지 사이로 노란 털이 숭숭 나 있어서 영 흉측한 몰골이었다.

"스미든."

강찬이 부르자 놈이 움찔했다.

"다예루가 와 있다."

석강호는 불어를 모른다. 그러니 당연히 통역이 필요했다.

"씨발 놈아, 난 이걸로 너 용서했다."

정말이지 한국어 욕은 대체할 다른 말이 없다. 강찬은 적당히 석강호의 말을 전해 주었다.

"절대 그러지 않겠지만, 내일 가게 되면 평생 억울하게 죽은 대원들에게 사죄하는 마음으로 살아라."

강찬이 석강호의 말을 전해 주자 스미든의 고개가 석강호 쪽으로 기울었다.

"정말 갓 오브 블랙필드가 맞는 거요?"

"앞에서 내내 말 다해 놓고 뭐라는 거야?"

"그땐 놀라서 그랬소. 다예루란 이름 나오고 상황이 벌어지는 바람에 정신이 없었잖소. 그 뒤에 혼자 있는 동안 샤흐란이 비밀번호 빼내려고 작업했구나 하는 생각을 했더랬소."

"샤흐란은 네가 열여섯 살짜리 여자애 덮치다 뒈지게 맞은 거 모를걸?"

스미든은 아무 말이 없었다. 잠시 침묵이 흐른 다음이었다.

"다예루가 아랍어는 합니까?"

"알제리 놈이니 당연히 하지. 그런데 네가 알제리 말을 모르잖아."

"그렇죠."

이 멍청한 새끼는 정말 변한 게 하나도 없다.

"내가 다예루에게 빌린 돈이 있는데 그게 얼만지 한번 물어봐 주쇼. 정확하게."

말을 전해들은 석강호는 갑자기 화가 나는 모양이었다.

"저 개새끼, 술 처먹다가 여자 사야 한다고 세 번 빌려 갔수. 아니다. 마지막 한 번은 나 화장실 간 사이에 상의에 넣어 둔 돈을 들고 튀었으니까 네 번이구나."

강찬은 석강호의 말을 그대로 전해 주었다.

스미든의 목젖이 커다랗게 움직였다.

"대장."

"쯧! 더 확인할 거면 관둬라. 짜증 난다."

"짜증 날 때 내는 소리까지 똑같네. 세상에 이런 일이 진짜 있는 거요?"

"우린 오죽하겠냐."

스미든은 이제야 현실을 받아들이는 모양이었다.

"내일 샤흐란에게 널 넘길 거다. 비밀번호는 저쪽에 안 넘겼으니까 프랑스로 건너가라."

석강호가 담배를 피워 물자 스미든이 담배 하나를 청했다. 붕대에서 주둥이와 코만 내민 놈이 담배 피우는 꼴을 봤다.

"샤흐란 비밀번호, 내가 압니다."

뭐라는 거지?

"내 이름으로 공트 지분도 있소. 반은 다이아몬드를 판 돈이 들어갔고, 나머지 반은 갱단이 댔수. 그래서 이대로 프랑스 가면 난 죽을 거요."

참 가지가지 하면서 살았다.

"날 지켜 주쇼. 그럼 내가 통장 비밀번호 다 넘겨 드릴게."

"스미든."

강찬은 이 구질구질한 거래에 끼고 싶지 않았다.

"내가 네놈을 이 정도까지 대하는 건 마지막에 네놈이 솔직했다고 믿기 때문이다. 대원들 목숨 값에 손댈 생각 없으니까 헛소리 그만하고 내일 샤흐란과 담판 지어. 물론 그전에 내가 그놈을 어떻게 할지는 모르지만."

"시청 앞 호텔과 반포호텔에 중국과 일본 마피아 애들이 각각 열 명씩 와 있어요. 샤흐란이 내일 날 넘겨 달라고 했다면 걔들 데리고 수작 부릴 거요. 그러니 날 살려 주쇼."

"휴우."

일이 너무 커진다. 그냥 가능하다면 이 밤에 달려가 샤흐란을 두들기고 진심으로 발을 빼고 싶었다.

"마약은 일본하고 중국으로 넘기려고 했나 봅디다. 어제 나한테 전화할 때 그 방에서 의논 끝났지요. 걔들도 독이 올라서 분명 가만있진 않을 거요."

"넌 한국에서 못 살아."

"공트 한국 지사장 시켜 주쇼."

강찬은 기가 막혀서 웃기만 했다.

"저 새끼가 뭐라는 거요?"

강찬은 담배를 하나 물고 스미든이 한 말을 그대로 석강호에게 전했다.

"샤흐란 비밀번호 어떻게 알았는지 물어보쇼. 저 새끼가 잔머리는 없잖소?"

"너 혹시 돈이 탐나서 그런 거냐?"

"나쁠 게 뭐 있어요? 저놈들 악한 짓에 쓰는 거보다 어려운 사람 돕는 데 시원하게 던져 주면 더 좋지. 죽은 놈들도 그걸 더 바랄 것 같은데, 아니요?"

이놈이 정말 다예루가 맞나?

"일단 물어보고 신빙성이 있으면 내일 기다릴 거 뭐 있어요? 대장 잘하는 대로 밤에 호텔 가서 짱개랑 단무지들 죄 두들기는 거지."

"그다음은?"

"거참, 내일 계약 끝나는 대로 샤흐란 목 따야죠."

답을 듣고 있자니 심지어 배신당한 느낌마저 들었다. 이 새끼가 이렇게 똑똑하다니.

"그럼 저 새낄 한국 지사장 시켜?"

"저놈이 여기서 여자 후리는 걸 보고 있을 수나 있겠소?"

"그러니까 어쩌자구?"

"저 새끼 어디 가서도 죽는담서요? 그냥 학교에 데리고 있읍시다. 설마 대장 앞에서 고등어 건드리겠소? 아프리카에서 그렇게 뒈지게 맞았는데? 그러고 있다가 거, 암놈 스미든 셋에게 슬쩍 넘겨주면 되지요. 천생연분 아니오? 저놈에겐 그게 천국일 텐데?"

이 자식이 그동안 따로 공부를 했었나?

강찬은 곧바로 스미든을 보았다.

"스미든, 너 샤흐란 비밀번호는 어떻게 안 거야?"

샤흐란은 보통 냉철한 놈이 아니다. 그런 놈이 멍청한 스미든에게 비밀번호처럼 중요한 정보를 흘릴…….

"갓 오브 블랙필드요."

이런 병신 같은 새끼들이!

"그건 어떻게 알았는데?"

"내가 은행에 비밀번호를 불러 주다가 알았소. 샤흐란이 전화해서 출금 신청했다고 나보고 전화하랄 때가 있었죠. 숫자를 부르기 전에 늘 '스미든 오브 아프리카'하고 먼저 말하는데 그날따라 헛갈려서 '갓 오브 블랙필드' 하고 말했더니, 다음 비밀번호 대세요, 합디다."

기가 찰 일이다.

"그래서 '스미든 0702 오브 0913 아프리카' 하니까 처리되었다고 하고. 그러니 샤흐란의 비밀번호가 갓 오브 블랙필드인 거지요."

무식한 두 놈이 주는 충격이 적지 않았다.

이건 됐다. 남은 것은 샤흐란을 어떻게 처리하는가였다.

"샤흐란이 항상 뒤를 계산하는 건 알잖아요? 중국과 일본 깡패를 철석같이 믿고 있을 테니까, 걔들을 먼저 해치웁시다."

마치 제 놈이 하는 것처럼 스미든은 흥분해 있었다.

"남은 게 뭐가 있어요? 내일 계약 끝나고 조용히 프랑스 보내 버려요. 그럼 세흐토 브니므 애들이 더 확실하게 끝내 줄 텐데."

주객이 완전히 바뀌었다.

"네가 우리와 있으니까 배신할 거라 생각은 안 하겠냐?"

"그럼 어쩔 겁니까? 거기다 비밀번호를 하나씩 가지고 있어서 설마 할 거요. 지금까지야 갱단이 낄 일이 없었는데 샤흐란이 욕심 부리는 바람에 공트 주식까지 산 거요. 그러니 살고 싶으면 프랑스 데려가서 통장에 있는 돈으로 손해 물어주려 하겠지요. 돈이 없어지면 난 죽고, 샤흐란은 다음 계획 세우고."

"흠."

"대장. 눈알 하나 깨졌고, 오른팔 나갔소. 배신하려 한 것도 아니고. 나 한 번만 살려 주세요."

강찬은 다시 한 번 커다랗게 숨을 내쉬었다.

"저 새끼, 살려 줍시다."

그때 말귀를 알아들은 것처럼 석강호가 한 마디를 보탰다. 얼추 앞뒤가 풀렸다.

강찬은 석강호가 탄 휠체어를 끌고 스미든의 병실을 나섰다. 그러고는 복도에서 일제히 있어선 깡패 중 하나를 보았다.

"광택이한테 전화 좀 넣어."

"예, 형님."

방으로 돌아온 석강호는 목을 부여잡고 신음을 쏟아 낸 뒤에야 침대에 앉았다. 등 쪽을 세워 놓아서 대화하기 훨씬 편했다.

"집엔 연락했냐?"

"내일 지나서 할 생각이오. 당장 달려오면 복도에 저 깡패들을 뭐라고 설명할 거요?"

"가해자라고 그래."

"에헤이. 우리 마누라는 쟤들 먹살 잡고 합의금 따질 여자라니까요."

석강호가 복도 쪽을 흘겨볼 때, 깡패 한 놈이 전화기를 들고 들어왔다.

"나다."

[야! 어떻게 된 거야!]

"시청 앞 호텔하고, 반포호텔에 중국 애들하고 일본 애들이 있단다. 그놈들이 마약을 사기로 한 놈들이란다."

[일본하고 중국? 이것들이 거창하게 노네. 조직 이름은 모르고?]

"그건 모르겠다."

[몇 놈인지도 몰라?]

"열 놈씩 왔다더라."

[그 정도 인원이면 금방 파악되겠다.]

"내일 오전에 남산호텔 방이 하나 필요하다."

[그건 내가 도석이 시키면 되고.]

"병원에 있을 거니까, 이 번호로 연락해."

[알았다.]

전화기를 넘겨받은 깡패가 공손하게 인사한 후에 방을 나섰다. 세상의 모든 악과 맞서 싸울 것이 아닌 다음에야 마약 조직이라고 해서 굳이 싸우고 싶지는 않았다.

샤흐란만 잡는다.

"안 가쇼?"

그런데 석강호의 뜬금없는 질문이 날아들어서 강찬은 뭔 소린가 했다.

"가서 짱개랑 단무지, 두들겨야 할 거 아뇨?"

너무 쉽게, 그리고 무척이나 자신 있게 지껄이는 석강호의 말을 들으며 강찬은 가슴이 서늘하게 식었다.

"다예."

석강호가 얼굴을 굳히며 강찬의 눈치를 살폈다.

"너 설마 내가 저 새끼들 쭉 끌고 가서 싸울 거라고 생각한 거냐? 장소가 그래서, 자칫 하면 억울하게 죽은 놈들 복수를 못할 거 같아서 손을 벌리긴 했다. 그 대가로 한 번쯤 깡패 새끼들 싸움에 끼어드는 것까지 감수할 각오였으니까. 그런데 대놓고 형님이라 부르는 것도 거슬려 죽겠는 나보고 아예 끌고 다니며 싸우라는 거냐? 그런 거야?"

석강호는 이제야 아차 하는 얼굴이었다.

"거기까지는 생각 못했습니다."

강찬은 잠시 석강호를 보다가 담배를 꺼내 하나씩 나눠 물었다.

"중심 잡자. 너 이렇게까지 되면서 끝까지 둘이 싸운 이유가 그거였잖아. 공트와 계약이 체결되면 아버지께 부탁해서 호텔에서 쓴 돈, 병원비 모두 지불할 생각이다. 안 그러면 너랑 나도 깡패 새끼들 등에 업고 설치는 병신 놈들하고 다를 게 없어. 지금도 마찬가지다. 널 지키기는 해야겠고, 내가 계속 있을 수 없어서 쟤들 힘을 빌리지만, 적어도 끌고 다니며 함께 칼질을 할 수는 없는 거야."

"알았습니다."

강찬은 자리에서 일어나 커피를 두 잔 타서 석강호에게 건네주었다.

"샤흐란은 절대 네 말처럼 쉽게 무너질 놈이 아니야. 그 뱀 같은 놈이 스미든의 주둥이를 믿을 것 같냐? 틀림없이 저 새끼가 주절댈 것까지 계산했을 거다. 그러니 어설프게 달려들었다간 이쪽이 당해."

무심결에 고개를 끄덕이려던 석강호가 눈을 부릅떴다.

미련한 새끼. 목이 돌아간 놈이 고개를 끄덕인 거다.

강찬은 그만 풀썩 웃고 말았다.

그때 병실 문이 열리더니 깡패가 들어왔다.

"광택이 형님 전화입니다, 형님."

철문을 열고 나온 깡패 하나가 전화기를 건네주었다.

[찾았다. 얘들은 내가 알아서 하마. 이 개새끼들이 남의 집 마당에서 멋대로 장사를 해?]

"오광택."

[왜!]

강찬은 한순간 고민했다. 그러나 할 말은 해야 했다.

"어설프게 끝내서 내일 내 앞에 나타나게 할 거면 지금 말해라."

[그건 또 무슨 뜻이냐?]

"너도 관계란 게 있으니까 무조건 두들길 순 없을 거 아냐? 그런 거라면 지금 빠지라고."

[허! 이, 씨발.]

감정이 뒤틀렸는지 느닷없이 건너온 오광택의 대꾸가 도발처럼 들렸다.

[너, 내가 편하게 대해 주니까 너무 만만하게 보는 거 아니냐? 적당히 까불어. 봐주는 데 한계가 있어.]

피식.

그래, 이래야 깡패답지. 하마터면 정들 뻔했었다.

강찬은 이 기회에 선을 그어 두기로 했다.

"오광택, 가게 좀 비워 주고 병원에 실어다 달라니까 나도 너한테 대가리 숙였으면 싶어? 그깟 가게 문 안 닫았어도 나나 석강호는 다르지 않았어, 이 개새끼야."

[너, 이 새끼!]

"여기까지다. 약속한 대로 부탁 한 번은 들어준다만 그 외에 내 눈앞에 띄지 마라."

강찬은 전화를 끊어 버렸다. 그런 다음 천천히 자리에서 일어섰다. 분위기를 눈치챈 석강호가 억지로 몸을 틀며 침대에서 다리를 내렸고, 옆에서 기다리던 깡패가 긴장한 얼굴로 강찬을 살폈다.

전화벨이 울렸으나, 강찬은 받지 않았다.

"나가. 그리고 밖에 애들 전부 데리고 병원에서 떠나. 오늘 도와준 게 있어서 너희랑 칼질하고 싶지 않으니까 좋은 말 할 때 들어라."

　강찬이 전화기를 건네줄 때, 병실로 또 한 놈이 들어왔다.

"광택이 형님 전화입니다."

　강찬이 날카롭게 노려보자 다가오던 놈이 쭈뼛하고 자리에 멈춰 섰다.

"나가."

　깡패들이 나가자 강찬은 오늘 하루 휘청거렸던 모습이 한순간에 제대로 돌아오는 느낌이었다. 스미든을 잡겠다는 생각에 절대로 의지해서는 안 되는 깡패 새끼 손을 잡은 것부터 잘못이다. 인원이 부족해서, 석강호를 지키고 싶다고 해서 더러운 손을 잡아서는 안 되는 일이었다.

　깡패 두 놈이 조용하게 병실을 나갔다.

"병원은 안 나갈 거요?"

"여긴 저 새끼들 게 아니잖아. 병원비도 우리가 낼 거고. 거기다 스미든하고 나머지 세 놈을 어디로 옮기냐?"

　석강호가 히죽 하고 웃는 모습이 강찬은 좋아 보였다.

"처음부터 짱개랑 단무지를 오광택한테 넘길 생각이었소?"

　에효! 이런 줄 모르고 똑똑하다고 놀라기까지 했다니.

"내가 미쳤다고 아무 상관도 없는 놈들하고 치고받겠냐? 생각 좀 해라."

　석강호가 감탄했다는 표정으로 강찬을 보았다.

　이제는 정말 내일을 준비할 때였다.

"샤흐란이 스미든에게 필요한 건 두 가지다. 통장 비밀번호와 프랑스 갱에게 댈 핑계."

"핑계라뇨?"

"저 새끼가 나랑 짜고 돈 빼돌리려다가 일 망쳤다고 해야지."

"그런다고 샤흐란을 봐 주겠소?"

"기껏 통역해 줬더니 뭘 들은 거야? 통장에 있는 돈 건네주면 샤흐란은 살 수 있을 거라고 했잖아."

"그럼 거지가 되잖소?"

"쯧!"

강찬은 짜증이 올라왔다.

"스미든이 가진 공트 주식을 고스란히 넘겨받겠지. 저 멍청한 새끼는 살아 보겠다고 멋지게 서명할 거고."

"정말 나쁜 새끼네."

석강호의 깨달음에 강찬은 헛웃음까지 나왔.

문제는 계약이다. 계약만 아니라면 오늘 밤이든, 내일 아침이든 기회를 봐서 두들겨 버리면 그만인데, 그놈의 미끼가 워낙 좋아서 함부로 움직이기가 어렵다.

'개새끼가 그래서 따로 전무에게 전화를 했던 거구나.'

이제 와서 계약을 깨기도 어렵다.

강대경은 몰라도 유혜숙은 충격을 감당하기 어렵다.

'절대로 조용히 끝내진 않을 텐데.'

정말 스미든만 넘겨주면 이대로 프랑스로 건너갈까?

그것도 문제다. 이미 이런 사이가 되었으니 프랑스에 간들 조용히 접근할 수가 있겠나. 당장 갱들이 기쁜 얼굴로 공항에 죽 서서 기다릴 판이다.

그때 간호사가 들어서는 바람에 강찬은 생각에서 깨어났다.

"주사 맞을 시간이에요."

"끄응."

"링거 줄에 놓을 거니까 그냥 계시면 돼요."

엉덩이를 까려던 석강호가 계면쩍은 표정으로 자세를 잡았다. 정말 주사 한 방이다. 그런데 간호사가 나가자마자 석강호의 눈이 게슴츠레하게 풀렸다.

"나 졸립수. 대장도 좀 주무쇼."

"걱정 말고 자."

강찬이 레버를 돌려 침대를 눕혀 주었을 때 석강호는 잠이 들어 있었다. 혹시 간호사가 독극물을 주사한 건가 싶을 정도였다. 잠든 석강호를 보며 강찬은 마음을 굳혔다.

생각이 많았다.

강대경과 유혜숙, 그리고 공트와의 계약까지 생각하느라고 전혀 강찬답지 않았다.

강찬은 병실을 나가 바깥쪽 계단으로 갔다.

밤인데도 더운 바람이 훅 달려왔다.

담배를 피워 물었다. 샤흐란의 일을 마무리하고 새로운 인생을 결정할 생각이었다. 프랑스로 가서 과거의 강찬으로 살 것인지, 아니라면 석강호처럼 지금의 몸에 맞는 삶을 살 것인지. 어느 쪽이든 정해지면 충실한 삶을 살고 싶었다.

내 것이 아니라고 거부하기보다는 그에 맞는 삶을 살아가는 것이 모두를 위해서 좋은 일이다. 아니라면 과감히 멀어지는 것이 옳다.

강찬이 생각을 정리하고 있자니 병원 앞으로 검은색 승용차가 줄줄이 들어오는 것이 보였다. 한눈에도 예사롭지 않은 등장이었다. 주차장에 선 차에서 양복을 입은 깡패들이 줄줄이 내렸고, 복도에 있던 놈들이 달려가 맞는다.

쉽지 않은 밤이었다.

강찬은 복도로 들어가 석강호의 병실 앞에 앉았다.

잠시 후, 엘리베이터가 서고 계단으로도 깡패들이 줄줄이 올라왔다.

피식.

엘리베이터에서 가장 먼저 내린 것은 오광택이었다.

그는 굳은 얼굴로 몸을 일으킨 강찬의 앞으로 왔다.

두목을 하기에 충분한 눈빛이었다.

"강찬."

"불편하면 넌 뒤로 빠져."

오광택의 한쪽 얼굴이 찌그러졌다.

"하, 씨발 놈. 정말 끝이 없구나."

뭐라 대꾸하기 애매한 말이었다.

"너 깡패하란 말 안 한다. 이번 일로 네 덕분에 강남 다 먹은 신세 갚았다고 생각하마. 대신 한 가지만 명심해라. 나도 빼꾸 없이 살았다. 그렇지 않았으면 이 자리 오르지도 못했어. 그러니까 앞으론 그런 걸로 내 자존심 건드리지 마라. 알았냐?"

강찬이 삐딱하게 바라보자 오광택이 볼을 한 번 씹었다.

"이번에도 교통사고로 해. 병원비, 합의금 해서 선생님 퇴원할 때까지 전부 내가 책임지는 것으로 너랑 나랑 끝! 됐냐? 이 개새끼야?"

마지막 욕은 어딘지 소심하게 들렸다.

"애들 전부 아래층으로 내렸고, 복도에 두 놈은 둘 거다. 그리고 지금 가서 쪽발이하고 짱개는 죄 달아 갈 거니까 그것도 걱정 말고. 알았어?"

"알았다."

"잘 살아라. 공부 열심히 하고. 안 그러면 깡패 되는 거야."

말을 마친 오광택이 잡아먹을 것처럼 강찬을 노려본 다음 몸을 돌렸다.

깡패 두목이다. 그런데 미안하고, 괜찮아 보이기도 했다.

정신을 차릴 필요가 있었다.

⚜️　　⚜️　　⚜️

 석강호 병실의 빈 침대에서 3시간가량 자고 일어나자 몸이 한결 편했다. 간단하게 세수를 마친 강찬은 아쉬워하는 석강호를 남겨 두고 스미든을 남산호텔로 옮겼다.

 병원 앰뷸런스로 움직였고, 호텔 지하의 화물 엘리베이터를 이용해 방으로 들어갔다.

 17층 복도 가장 안쪽에 있는 스위트 룸.

 커다란 거실과 안쪽에 침실, 그리고 안과 밖에 별도로 화장이 있는 구조였다.

 간단하게 토스트로 아침을 때우고 강찬은 샤워를 했다.

 몸과 마음이 개운해졌다. 옆구리를 만져 보았는데 뻐근한 통증 외에 숨 쉬거나 몸을 비트는 데는 별 이상이 없었다.

 "정말 둘만 있는 겁니까?"

 스미든은 은근히 겁이 나는 모양이었다.

 "전쟁터도 누볐던 놈이 왜 그래?"

 "몸뚱이가 이래서 전쟁에 나서 본 적이 없잖소?"

 "걱정할 것 없어."

 뉴스 좀 보고, 커피 한 잔 느긋하게 즐기고 나니 오전 9시였다. 강찬은 방에 있는 전화기를 들어 샤흐란이 있는 방으로 메모를 전해 달라고 했다.

 5분쯤 지나자 전화벨이 울렸다.

"알로?"

[강찬?]

샤흐란이었다.

"1701호. 확인하고 싶으면 혼자 와."

[그랬다가 내가 당하면?]

"우린 계약이 절실해. 그런데 다른 짓을 하겠나?"

[그렇기도 하군.]

"계약 끝나고 변호사가 아무 이상 없다고 확인하는 순간, 스미든을 넘겨주겠다."

[거래는 공평해야지. 계약이 끝났는데 스미든이 사라지면 어쩌라고 그러나?]

"어떻게 해 줄까?"

[나와 한 명이 더 갈 거다. 내가 계약을 끝낼 때까지 그 친구가 거길 지킬 거야.]

강찬은 잠시 뜸을 들였다.

"좋다."

[십 분 뒤에 방으로 가마.]

전화를 끊자 스미든의 목젖이 크게 움직였다.

"정말 자신 있소?"

"내가 누구냐?"

스미든이 입을 꾹 다물었다.

TV에서 오늘도 무척 더운 날이 되리란 예보가 흘러나왔다.

딩동.

벨이 울렸다.

강찬이 문 앞의 유리로 확인하고는 천천히 문을 열었다.

샤흐란이 뾰족하게 휜 코를 앞세우고 방으로 들어섰다. 그의 뒤로 검은 정장 차림의 사내가 있었다. 하얀 피부에 노란 머리였는데 키가 무척 컸다.

샤흐란이 강찬과 스미든을 번갈아 보았다.

"이건 무슨 짓이지?"

"보시다시피 부상이 심해서."

샤흐란은 강찬의 말을 믿지 않는 눈치였다.

"붕대를 풀어, 스미든."

"팔을 찔려서 움직이지 않아요."

샤흐란이 날카롭게 시선을 던졌을 때 강찬은 어깨를 으쓱해 보였다.

"저걸 풀어 봐."

하얀 피부의 갱이 가소롭다는 표정으로 다가가서 스미든 얼굴의 붕대를 풀어냈다. 중간에 스미든의 신음이 터져 나왔으나 전혀 개의치 않았다. 한참 만에 붕대를 다 푼 갱이 인상을 찌푸렸다. 이때는 샤흐란도 꽤나 놀란 모양이었다.

스미든의 얼굴이 온통 찢어지고 갈라진 데다 죄 멍투성이고, 무엇보다 오른쪽 동자가 텅 비었다.

"왜 이렇게 된 거지?"

샤흐란이 강찬을 날카롭게 노려보았다.

"동료를 팔아먹은 대가치곤 가벼운 것 아닌가?"

"장난은 그만두는 게 좋아. 여기서 내가 스미든을 바로 데려갈 수도 있어."

"그렇게 되면 지하에서 엄청난 인원이 올라올 거야, 샤흐란. 그러니 이쯤하고 내려가서 계약을 마무리하고 왔으면 좋겠어."

샤흐란이 턱짓으로 강찬을 가리키자 갱이 품에서 택티컬 권총과 소음기를 꺼내 조립했다.

"하기야 네가 누구든 우린 스미든만 데리고 가면 그만이다. 그러니 계약을 마치고 올 때까지 얌전히 있어라."

"좋으실 대로."

"나머지 세 명은?"

"스미든이 가고 나면 나한테는 짐이야. 풀어 줄 테니 데려가든 버리든 알아서 해."

샤흐란이 방을 나서자 갱은 구석에 있는 원탁 탁자 앞의 의자에 앉았다.

"이놈 붕대나 감아 주자고."

갱이 강찬을 향해 총구를 까딱였다.

가까이 가지 말고 떨어져 앉으란 뜻이었다.

"이봐, 어차피 데리고 나가려면 감는 게 좋아. 저 몰골로 나가다가 다른 사람들이 보기라도 하면 어쩌려고 그래?"

갱이 불쾌한 눈빛으로 노려보았으나, 강찬은 천천히 움직여 갱이 풀어낸 붕대로 스미든의 얼굴을 감아 주었다.

강찬이 붕대를 다 감았을 때는 9시 40분쯤이었다.

"저기 앉아도 되지?"

강찬이 턱으로 소파를 가리키자 갱이 고개를 짧게 끄덕였다. 소파로 걸어간 강찬은 탁자에 놓인 보온병에서 커피를 따라 한 모금 마셨다.

중국의 독특한 음식에 관한 TV 프로그램을 보고 있자니 10시였다. 그리고 잠시 후, 강찬이 마지막 커피 한 모금을 모두 마시고 나자 방의 전화벨이 울렸다.

갱이 턱짓을 했다.

"여보세요?"

[계약은 무사히 끝났습니다. 변호사 확인했고, 샤흐란이 위로 올라갑니다.]

서도석이었다.

강찬은 전화를 끊었다.

"계약이 완벽하게 끝났다는군."

갱은 여전히 무표정한 얼굴로 강찬을 보았다.

제5장

새로운 시작

딩동.

스미든에게 물을 한 잔 먹이고 났을 때 벨이 울렸다.

갱이 권총을 두어 번 움직여 문을 가리켰다.

"그만 까불고, 얼른 문이나 열어."

무표정하던 갱이 얼굴을 찌푸렸으나 강찬의 태도는 변함이 없었다.

딩동.

한 번쯤 참는다는 투로 갱이 걸어가 문을 열었다.

달칵.

샤흐란은 예리한 눈빛으로 들어섰다.

그의 뒤로 검은색 정장 차림의 갱이 한 명 더 들어와, 양

손을 겹쳐 잡은 자세로 문 앞에 섰다.

샤흐란은 강찬과 스미든을 날카롭게 노려본 후, 소파에 앉았다. 그런 다음, 거칠게 넥타이를 풀어 소파의 탁자 위에 던졌다.

"네가 원하는 대로 계약이 끝났다. 이제 네놈 차례다."

피식.

샤흐란의 한쪽 얼굴이 꿈틀했다.

강찬의 웃음에 감정을 상한 게 분명했다.

"같은 말을 또 한다만 넌 정말 내가 아는 강찬이란 놈과 똑같구나. 특히, 사람을 기분 나쁘게 만드는 그 웃음과 내 체면을 상하게 하는 것까지."

강찬이 몸을 움직여 샤흐란의 정면에 있는 탁자에 걸쳐 앉자, 그가 못마땅하다는 듯 총을 든 갱을 흘겨보았다.

"샤흐란, 전에 알던 강찬이 네 체면을 상하게 한 게 뭐가 있지?"

샤흐란은 의도를 파악하려는 것처럼 방 안을 훑은 다음, 다시 강찬에게 시선을 주었다.

"블랙헤드가 대원들의 목숨보다 중요했나? 적의 총구에 부하들의 대가리를 디밀게 할 만큼?"

샤흐란이 야비하게 웃었다. 그런 다음, 놈은 고개를 절레절레 저으며 스미든을 보았다.

"저놈이 갓 오브 블랙필드, 어쩌고 지껄인 모양인데 꼴을 보니 네놈이 한 수 위였던 모양이군. 멍청한 놈."

"대가리 굴리지 말고 질문에 답이나 해."

순간, 샤흐란의 낯빛이 뱀처럼 차갑게 변했다.

냉정한 판단이 요구될 때 보이는 전형적인 변화였다.

그가 고개를 살짝 비틀며 입을 열었다.

"이렇게 나오면 집에서 널 기다리는 아름다운 부인의 몸뚱이가 여러 토막으로 갈라진다. 도저히 형체를 알아볼 수 없을 정도로."

피식.

샤흐란의 얼굴이 다시 뱀의 그것으로 바뀌는 순간이었다.

"들어오라고 해."

강찬이 방문 앞에 자세를 잡은 갱을 향해 짧게 고갯짓을 했다. 갱이 문을 열자, 동양인 2명이 안으로 들어서더니 갱의 앞에 서서 강찬과 샤흐란을 보았다.

"이런, 놀란 얼굴을 보게 될 줄은 몰랐다, 샤흐란."

스미든이 붕대를 위아래로 벌려 하나 남은 눈으로 강찬과 샤흐란을 보았다.

"세상을 살다 보면 도저히 빠져나가지 못할 함정을 만날 때가 있지. 샤흐란, 넌 지금 갓 오브 블랙필드가 만든 트랩에 빠진 거다. 이제 상황이 좀 이해가 가나?"

샤흐란이 홱 고개를 돌려 스미든을 보았다.

강찬은 그의 시선에 상관없이 말을 이었다.

"사막의 얼음이라는 샤흐란이 그런 비밀번호를 쓸 줄 몰랐다."

신음 같은 소리를 흘려내며 샤흐란이 이를 악물었다.

"오늘 작전에 대해 간단히 설명해 주지. 넌 여기서 뒈져, 샤흐란."

"프랑스에 돈을 보냈나?"

"당연하지. 스미든이 가진 주식 값이니까. 거기다 보너스로 너를 받은 거야. 네놈의 더러운 몸뚱이가 칠백 만 유로의 값어치가 있는지는 모르겠지만."

퍼뜩.

샤흐란의 표정이 또 한 차례 바뀌며 나중에 들어선 동양인 둘을 빠르게 보았다.

"어젯밤에 잡았지. 그런데 프랑스에서 연락이 왔더군. 한국에 풀지 않을 테니 저들과 거래를 마저 하게 해 달라고. 내가 사는 아파트 앞? 저들이 목숨 걸고 지키겠다고 하던데?"

마침내 샤흐란이 이를 꽉 깨물었다.

"자, 이제 어떻게 할까? 샤흐란?"

샤흐란이 눈을 하얗게 뒤집은 채로 강찬을 보았다.

"선택권을 주마. 날 죽이고 여기서 나가든가."

씨익.

한순간, 샤흐란의 얼굴에 만족한 미소가 지나갔다.

"여기서 그냥 뒈지던가. 저기 중국 애들이 토막을 치면 도저히 못 찾는다고 하더군."

"이곳엔 CCTV가 있어. 외국인이 이 호텔에서 사라지면 너도 곤란할 텐데?"

"쯧쯧쯧, 샤흐란."

강찬이 고개를 저어 보였다.

샤흐란의 하얗게 변한 눈빛이 무섭게 가라앉았다.

"방식은?"

"마무리는 우리식으로."

용병들이 싸우는 방식?

샤흐란이 믿기 어렵다는 투로 강찬을 보았다.

"내가 널 죽이면 저들도 인정하는 건가?"

"물론!"

"이 나라는 정말 이해하기 어렵군."

샤흐란이 셔츠의 소매를 팔뚝 위로 걷어 올렸다.

문 앞을 막고 있던 갱이 중국인에게서 두 자루의 비수를 가지고 와서 샤흐란과 강찬에게 건네주었다.

"네가 정말 갓 오브 블랙필드냐?"

"곧 죽을 테니까 마음대로 생각해."

두 사람이 앞으로 내민 왼쪽 손목을 갱이 팔자 매듭으로 꽉 묶었다. 강찬과 샤흐란이 눈 한 번 껌벅이지 않은 채로 서로를 노려보았다.

"네놈이 진짜 강찬이라면 잘 알겠구나. 그날도 내 작전을 망칠 뻔했던 것을. 그러나 너는 내 총을 피하지 못했어, 강찬."

휠체어에 앉아 있던 스미든이 '오, 마이, 갓.'이란 소리를 토해 냈다.

고개를 좌우로 비튼 강찬과 샤흐란이 자세를 잡았다.

몸의 어디를 베거나 찔러도 괜찮다. 샤흐란이 왼팔을 당겼다 놓으며 강찬의 중심을 무너트리려 했다.

삽시간에 제 자리에서 두 바퀴나 돌았다.

"다예루를 쏜 것도 너냐?"

강찬의 번들거리는 눈빛에도 샤흐란은 주눅 들지 않았다.

획. 휘익. 획. 획.

목이다. 무조건 목을 노려야 한다.

어설픈 놈들은 팔로 찌르고, 어깨도 벤다.

그사이 목에 비수가 들어오지만, 알고 났을 때는 이미 돌이키지 못하게 된다.

"동양인에게 영혼을 판 더러운 알제리 놈 말인가?"

쉬익! 피윳!

팔이 긴 샤흐란의 비수가 강찬의 오른쪽 어깨를 베고 지나간 다음, 샤흐란이 비릿하게 웃었다.

"하기야 스미든 저 새끼를 빼곤 전부 내 솜씨지."

획. 휘익. 피윳. 획. 휘리릭.

그 짧은 순간에 강찬은 오른쪽 어깨를 또 베였다.

팔이 긴 샤흐란이 절대적으로 유리한 싸움처럼 보였다.

"저놈도 내가 쐈았다면 절대로 살아 있지 못했어."

휘익. 휙.

그 와중에 두 번이나 칼이 오갔다.

"샤흐란."

휙. 휘익. 휙. 휙.

왼손으로 상대와의 거리를 조절하고 쉴 새 없이 상체를 좌우로 움직여야 한다. 그러는 동안에도 수차례나 비수가 번득이며 몸 주위를 스쳐 갔다.

"잘 가라."

휘익. 휙!

샤흐란이 대꾸도 않고 강찬의 목을 노리고 비수를 휘두른 직후였다.

푸욱!

강찬의 비수가 샤흐란의 왼쪽 겨드랑이에 깊게 박혔다.

으드득.

강찬은 그대로 비수를 아래로 내렸다.

"끄아아아악!"

피윳! 피윳! 핏.

뼈가 갈라지는 소리와 샤흐란의 비명이 방 안을 가득 메웠다. 그 와중에도 강찬의 목을 노렸던 비수에 어깨를 두 번이나 더 베였다.

"끄으으으."

샤흐란이 무릎을 꿇고 주저앉았다.

"우린 모두 지옥에 갈 거다. 그러니 가서 대원들에게 사과하고 있어. 그곳에서 만나도 똑같이 가슴을 갈라 줄 테니까."

털썩.

강찬이 왼손을 묶었던 천을 자르자 샤흐란이 그대로 바닥에 고꾸라졌다. 중국인 둘이 뒤 허리춤에서 곱게 접힌 비닐을 꺼내 펼친 다음, 샤흐란을 그 안에 담았다.

그때 문 앞에 있던 갱이 다가 와 전화기를 건넸다.

"보스께서 직접 통화를 원하신다."

강찬은 건네받은 전화를 물끄러미 바라보다 귀에 가져갔다.

"알로?"

[덕분에 망신을 덜었군.]

"두 가지 약속을 잊지 마."

[신사는 약속과 명예를 중시하지. 언제고 우리 도움이 필요할 때가 있으면, 연락하게. 자네 이름을 알려줘.]

강찬이 자루 안에서 꿈틀대는 샤흐란을 내려다본 후에 답을 했다.

"갓 오브 블랙필드."

[후후후. 이름 한번 거창하군. 어디에서든 그 이름을 대면 한 번은 바라는 바를 얻을 거다.]

전화는 그것으로 끝났다.

총을 들었던 키가 큰 갱이 앞으로 걸어 나왔다.

"우린 이만 가겠다."

"샤흐란을 왜 꼭 데려가겠다는 거지?"

"우리 파트너들의 체면도 챙겨 줘야 하니까."

갱은 강찬의 눈을 보며 고개를 끄덕였다.

"두목이 거래와 입금에 대해 고맙다고 전하라더군. 원하는 대로 공트는 스미든을 한국 지사장으로 발령 낼 거다."

말을 마치자 중국 깡패 하나가 나직하게 지껄였다.

"감명 깊은 장면과 거래에 감사한다는군. 언제고 한번 방문했으면 싶다고 하고."

"내 눈에 띄면 죽여 버리겠다고 전해."

갱이 픽 하고 웃더니 중국말로 답을 했다.

상대가 만족한 듯 웃으며 고개를 숙이는 것으로 봐서 듣기 좋은 말을 전한 모양이었다.

"이제 헤어져야 할 시간이다."

강찬도 아는 사실이었다. 문 앞에 있던 갱이 재킷을 벗어 강찬에게 주었다. 오른쪽 어깨가 피투성이여서 받았다. 뒷목에 샤넬 로고가 확실하게 찍혀 있었다.

중국 깡패 하나가 손가락을 튕기자 밖에서 커다란 세탁물

수레가 방으로 들어왔다. 놈들은 아직 꿈틀대는 샤흐란을 비닐 자루째 담고는 아무 일도 없었다는 듯 곧바로 나갔다.

"가자, 스미든."

강찬은 침대의 얇은 면 이불로 스미든을 덮어 주고 그의 휠체어를 밀었다.

⚜ ⚜ ⚜

지하로 내려가자 앰블런스 앞에 서도석이 기다리고 있다가 강찬을 맞았다. 이동식 간이침대에 스미든을 눕혀 올린 다음 서도석은 전화기를 강찬에게 건네주었다.

"광택이 형님께서 마지막 선물이라고 전하라십니다. 옛날 번호 그대로입니다."

강찬이 말없이 바라보자 서도석이 말을 이었다.

"일본 애들과 중국 애들 자연스럽게 처리하게 해 줘서 고맙다고 하셨고, 이거 거절하면 학교로 찾아가신다고."

강찬이 피식 웃으며 전화기를 받았다.

"뒤처리가 많겠다."

"아침에 그 층을 비우는 데 들어간 비용이 입금되었습니다. CCTV와 청소만 하면 끝납니다."

"다음번엔 아는 척하지 말자."

서도석은 못 들은 척 커다랗게 허리를 숙였다.

"안녕히 가십시오, 형님."

강찬은 앰뷸런스 뒷자리에 올랐다.

차가 서서히 움직였다.

"나 이제 어떻게 살면 좋겠수?"

"갱들이 쓴 주식 값으로 칠백만 유로 보냈으니까 아직 삼백만 남았다."

"그거 대장하고 다예루가 나누쇼. 전 가진 주식만 천이백만 유로는 될 거요."

"내가 그 돈을 받을 거 같냐?"

"그냥 좀 보상금이라고 생각하쇼. 저도 주식 대충 처분해서 좋은 곳에 쓸라우. 한국 지사장이면 월급이랑 차는 나올 거 아니오?"

그건 그렇다.

"병원에 오래 있어야 할 테니, 당장 돈이 좀 필요하우."

"알았다."

모퉁이를 도는지 몸이 한쪽으로 쏠렸다.

"한국에서 살게 될 줄은 몰랐수."

"안 내키면 다른 곳으로 나가. 어디 경치 좋은 휴양지를 가든, 아니면 여자가 득실거리는 곳을 가든 해."

붕대 사이로 스미든이 빼꼼히 강찬을 보았다.

"여기서 살 거요. 당분간은 대장과 다예루 곁에 있을라우."

강찬은 대꾸하지 않았다.

⚜　　⚜　　⚜

병원에 도착해서 스미든을 병실에 눕힌 후, 강찬은 우선 치료를 받았다.

"정말 우리 병원 최대의 VIP요."

유헌우의 말이 아니어도 이젠 입구의 경비와도 얼굴을 익히게 생겼다. 그래서 옷을 좀 사다 달라고 부탁까지 했다.

"여기 병원이요!"

"고객 서비스 좀 하세요."

강찬은 석강호의 방으로 들어갔다.

"힘드셨소?"

"응."

"그럴 땐 담배가 최고요."

이놈과 있으면 마음이 편해진다.

둘이서 담배를 하나씩 물었을 때였다. 석강호가 뻣뻣하게 몸을 돌려 가며 봉지 커피를 타서 강찬에게 건네주었다.

강찬은 호텔에서 있었던 일들을 천천히 들려주었다.

"씨발 놈. 옆구리 갈라지는 장면을 봤어야 하는데. 그 새끼 피도 빨갛습디까?"

강찬은 너털웃음을 웃으며 석강호를 빤히 보았다.

"통쾌할 줄 알았더니 기분이 별로다."

"술이나 한잔하러 갈라우?"

"에라이, 내가 지금 네 술시중까지 들어야겠냐?"

"얼래? 커피도 마시는 거 보면 모르겠소? 내가 알아서 다 먹어요. 내가 이래 봬도 김밥도 먹은 사람이요."

둘이 '푸흐흐.' 하면서 웃었다.

"머리가 좋아지셨소."

커피를 마시던 강찬은 눈만 돌려 석강호를 보았다.

"세호토 브니프와 협상까지는 그럴 수 있다고 쳐도 중국과 일본 애들까지 이용할 줄은 몰랐소."

"작전에선 교신이 안 되는 게 제일 엿 같잖냐. 아침에 샤흐란 새끼가 아무래도 그놈들하고 연락할 것 같더라고. 거기다 세호토 브니프에서도 그들과 거래를 마무리 짓고 싶어 하니까 얻을 거 얻고, 줄 거 준 거다."

강찬의 대답을 석강호가 히죽 하는 웃음으로 받았다.

"잘했소. 덕분에 뒤통수 걱정하지 않아도 돼서 그게 제일 좋수."

"삼백만 유로가 남았는데 스미든이 너랑 나랑 반반씩 나눠 가지란다."

석강호가 눈을 끔벅였다.

"왜?"

"그게 한국 돈으로 얼마요?"

"글쎄, 음… 대강 사십 억 위아래 되지 않겠냐?"

"그럼 교통사고 보상금 걱정하지 않아도 되는 거요?"

강찬은 어이가 없어서 웃었다.

"그래라. 어차피 병원비랑 많이 나올 테니까 적당히 쓰고 나머지는 좋은 일 하는 데 넣자."

"그럽시다."

욕심을 부리지 않는 석강호가 고마웠다.

"참! 마누라한테 올지 모르는데 나중에 오라고 해야겠수."

"전화했었냐? 걱정할 텐데 뭐하러 그래."

강찬이 기분 좋게 웃으며 자리를 털고 일어났다.

"그냥 있어요. 나중에 오라고 전화하려고 말한 거요."

"됐다. 어제도 제대로 못 자고 해서 그렇지 않아도 좀 쉬고 싶던 참이다."

강찬은 한 번 더 웃어 주고 석강호의 병실을 나왔다.

경비실에서 옷을 받아 갈아입고 병원을 나왔다.

쉬고 싶었다. 집으로 가기 위해 택시를 탈까 했는데 빌어먹을, 주머니에 돈이 한 푼도 없었다.

"쯧!"

걸어가야 했다. 어제와 오늘의 살벌함을 삼켜 버린 도시는 평화로운 모습이었다.

40분쯤 걷자 아파트가 보였다.

강찬은 벤치에 앉아 잠시 숨을 골랐다.

'어떻게 할까?'

적어도 결정을 내리고 집에 들어가고 싶었다. 아파트 문을 열기 전에, 유혜숙을 만나기 전에, 이 모습을 받아들일 것인지, 과거의 모습을 찾으러 떠날 것인지를 결정해 놓고 싶었다.

강찬은 물끄러미 하늘을 보았다.

몸뚱이의 원래 주인은 뭐라고 말을 할까?

유혜숙을 엄마로, 강대경을 아버지라 불러도 괜찮은 건가?

결정을 내리기 어려웠다.

그리고 당장은 쉬고 싶었다.

엘리베이터를 타고 올라가면서 강찬은 쓰게 웃었다.

유혜숙을 보고 싶었음을 알게 된 것이다.

문을 열고 들어서자 유혜숙은 현관 앞에 있었다.

"힘들었구나, 우리 아들."

현관에서 신을 벗으며 고마웠다.

계약의 기쁨보다 강찬을 진심으로 걱정하는 얼굴이.

"아버지 계약 잘되셨다면서요?"

강찬이 활짝 웃었는데도 유혜숙은 이상하게 눈물을 달았다.

"응, 아들이 다 한 거라고. 사실 아빠, 계약 끝나고 울면서 전화했었어. 몇 년 만인지 몰라."

"아버지가 다 하신 거라니까요."

"고마워, 아들. 사랑해."

유혜숙이 팔을 벌려 안아 주었다.

요 며칠의 힘든 것들이 천천히 녹아내렸고, 이상한 감정이 피어올랐다.

행복… 했다.

유혜숙을 다독인 강찬은 방으로 들어가자마자 잠이 들었다.

푹 잤다.

고개를 털고 일어나 보니 6시가 다 된 시간이었다.

"어후."

잠에서 깼을 때는 긴장이 풀려서인지 갈비뼈와 오른쪽 어깨가 욱신거렸다. 강찬은 천천히 몸을 풀며 상처가 난 곳들을 보았다. 병 조각이 박혔던 오른손, 페맨 자리가 흉터로 남은 왼손, 뜨끔거리는 옆구리, 새로운 실밥으로 묶어 놓은 오른쪽 어깨까지.

아프리카에서도 이렇게 심하게 다친 적은 몇 번 없었다.

오랜 전투에서 휴가를 받은 기분.

푹 잤으니 남은 것은 편안한 바에서 기분 좋게 술이나 마시는 것인데 현실은 고등어다. 석강호가 없이 어설프게 설치다간 공연히 망신만 당한다는 말이다.

바깥에서 소리가 나서 강찬은 몸을 일으켰다. 편한 운동복 바지와 허름한 티로 상처를 감추고 거실로 나갔다.

"뭐 하세요?"

"저녁 먹어야지."

솥을 들어 올리는 유혜숙은 아직 기운이 부족해 보였다.

"이리 나와 보세요."

"왜? 엄마 괜찮아."

"먹고 싶은 게 있어서 그래요."

강찬은 프라이팬을 가스레인지에 올리고 기름을 둘렀다.

계란, 올리브기름, 피망, 채소 몇 가지.

나가서 먹자고 할까 했는데 유혜숙이 싫다고 할 것 같고 강찬도 내키지 않았다.

채소를 잘게 썰어 잘 풀어 놓은 계란에 넣는다. 여기에 소금 간을 한 다음, 윗면이 살짝 덜 익었을 때 둘둘 말면 그럭저럭 먹을 만한 오믈렛이 된다. 먹고, 먹고, 또 먹어서 이가 갈릴 정도로 물린 음식이지만 아픈 유혜숙이 해 주는 밥을 먹는 것보다는 훨씬 나았다.

유혜숙이 신기하다는 얼굴로 강찬을 보았다.

칼질이며, 계란을 두르는 솜씨가 예사롭지 않아서였다.

"정말 잘하네."

새로운 시작 • 153

"인터넷에서 배웠거든요."

"그래? 엄마도 인터넷을 좀 더 해 봐야겠다."

유혜숙은 좀 순진한 면이 있다. 그래서 농담을 농담으로 받아들이지 못할 때가 많았다.

강찬은 먼저 물과 포크를 준비해 준 다음, 가로로 널따란 접시에 오믈렛을 얹어 유혜숙 앞에 놓아 주었다.

"이건 제 거!"

그리고 유혜숙의 맞은편에 앉았다.

그녀가 오믈렛에서 시선을 들어 강찬을 보았다.

"왜 그러세요? 속이 안 좋으면 드시지 않아도 돼요."

"아들이 처음 해 준 음식이라 먹기 아까워서 그래."

"그럴 게 뭐 있어요. 드시고 싶다고만 하면 언제고 해 드릴 테니까 얼른 드세요. 계란 요리는 식으면 정말 맛없어요."

유혜숙은 포크로 오믈렛의 한쪽을 잘라 입에 넣었다.

"음!"

적당한 간에 촉촉한 속, 그리고 아삭거리는 채소까지.

실제로도 맛이 좋았다.

"괜찮으세요?"

"이거 정말 맛있다. 엄마가 가는 식당보다 훨씬 더."

"드시고 싶으시면 언제고 말씀하시면 됩니다."

"정말이다."

"그럼요."

오랜만에 먹으니까, 그리고 유혜숙과 함께 먹으니까 제법 먹을 만했다.

"난 아직도 안 믿겨."

"뭐가요?"

오믈렛 한쪽을 입에 넣으며 강찬이 물었다.

"아빠 계약한 거."

그럴 수도 있겠다. 고등학생 아들이 인터넷으로 알게 된 사람을 통해 계약을 따냈다는 말을 쉽게 믿을 사람이 누가 있겠나. 그런데 유혜숙의 얼굴에 그늘이 담겨 있었다.

"왜 그러세요?"

"혹시 계약 때문에 다치고 그런 거니? 오늘 학교에서 전화 왔었어. 너 결석했다고. 아빠가 모른 척하라던데……."

이런 생각을 하고 있으면서도 아무 말 못하고 눈치만 살피고 있었던 거구나. 그렇다면 계약이 기쁘지만은 않았을 거다. 강찬은 강대경과 유혜숙의 마음을 풀어 주어야겠다고 결심했다.

"죄송해요. 오늘 학교에 안 간 건, 프랑스로 출국하는 분이 있어서 함께 시간 보내느라 그런 거예요. 말씀드렸어야 했는데 계약 때문이라고 마음 아파하실까 봐 말씀 못 드렸어요."

말을 마친 강찬은 석강호를 흉내 내는 깃처럼 히죽 웃었다.

"그리고 저 운동으로 대학 가 볼려구요. 그래서 운동부 가입했어요. 석강호 선생님이 지도 교사시구요."

"대학?"

유혜숙의 눈에서 반짝하는 빛이 나면서 한순간에 그늘을 싹 지워 버렸다.

"그럼 요즘 그 선생님하고 자주 뵌 것도 그것 때문이니?"

"예. 어쩌면 앞으로 더 자주 만나게 될지도 몰라요."

이럴 때 미리 다져 놓는 것도 나쁠 것이 없었다.

"아들은 앞으로 무슨 일을 하고 싶어?"

유혜숙이 기쁜 얼굴로 오믈렛을 입에 넣었다.

"거기까진 생각 못해 봤어요. 우선 대학 갈 준비하고 프랑스 유학도 생각 중이에요."

"유학?"

"예."

유혜숙의 얼굴이 너무 환하게 피어서 강찬은 미안한 마음마저 들었다. 어떻게 될지 몰라 말한 것인데 뜻밖에 저토록 반길 줄은 몰랐다.

"프랑스 유학, 어머! 멋있다. 그래. 아들은 프랑스어를 잘하니까 어렵지 않을 거야."

강찬은 그만 풀썩 웃었다.

"왜?"

"성희 이모 생각하셨죠?"

유혜숙이 멋쩍게 미소 지었다.

고작 오믈렛 하나다. 그런데 유혜숙은 만찬이라도 대접받은 것처럼 기쁘고 즐거운 얼굴이었다. 결석과 상처에 대한 걱정을 대학과 프랑스 유학이 완벽하게 이겨 낸 모양이었다.

"아들 덕분에 정말 맛있는 저녁 먹었어."

이왕 손을 댄 김에 유혜숙을 앉혀 놓고 설거지까지 했다.

유혜숙은 강찬이 정리를 마치자 소파에 가서 앉았다.

"이제 기운 내는 일만 남은 거 아시죠?"

"고마워, 아들."

몇 마디 말을 더 나누고 강찬은 방으로 들어왔다.

저녁 7시였다.

책상에 올려놓은 전화기에서 파란 불이 깜박여 확인해 보니 문자가 와 있었다.

{전화 좀 주쇼.}

내가 전화기 받은 걸 얘기했던가? 저장된 이름이 없어도 단박에 정체를 알아볼 만한 문자였다.

강찬은 전화를 걸었다.

[나요.]

"무슨 일이야?"

[저녁은 먹었소?]

"지금 막 먹었다. 무슨 일 있냐?"

[학교에서 전화가 왔었소. 지도 교사가 없어서 내가 출근할 때까지 운동부는 잠시 닫겠다고. 다른 선생 중에 맡겠다는 사람이 아무도 없답디다.]

이런 뭐 같은 경우가…….

"그럼 어떻게 되는 거냐?"

[당분간 수업 들어가야지요.]

"너 퇴원은 언제쯤 할 수 있대?"

[박박 우기니까 이 주쯤이면 된답디다.]

"쯧!"

[지겨워도 좀 참으쇼.]

"알았다. 내일 학교 끝나면 들르든가 할게."

강찬은 전화를 끊었다.

"하아."

커다랗게 한숨이 나왔다. 그러나 다른 방법이 없는 일이다.

학교를 나가서 그냥 운동부실에서 죽치면?

일진 놈들과 똑같은 짓거리를 하는 꼴이다.

"염병."

지긋지긋한 싸움이 끝나니 그만큼 지겨운 일이 또 앞에서 기다리는 꼴이다.

웅웅웅.

문자가 또 왔다.

{차니. 아직도 연락 못해? 괜찮은 거지?}

이것도 누군지 감이 딱 와서 강찬은 바로 전화를 걸었다.

[차니?]

"응. 걱정 많이 했어?"

[괜찮아? 아무 일 없어?]

"그래, 잘 해결됐어. 아무 일 없고."

[정말 잘됐다. 우리 걱정 많이 했었어. 지금 어디야?]

"집. 이번 주는 그렇고, 다음 주쯤에 제대로 저녁 먹자."

[그전에 차라도 한잔 마시면 어때?]

"다른 일이 좀 있어. 그러니까 그냥 다음 주에 보자."

[오케이, 차니. 또 연락할게. 안녕.]

그날 미안하기도 하고, 또 스미든 생각이 떠오르기도 해서 다음 주쯤 밥을 먹을 생각이었다.

일상이다, 고맙고 감사한 일상. 평소라면 귀찮을지 모를 일들이 반갑게 느껴졌다. 컴퓨터를 켜고 인터넷 검색을 하고 있을 때였다. 번호 키가 울리더니 '오늘 회식 안 했어?' 하는 유혜숙의 목소리가 들렸다.

강찬은 거실로 나갔다.

"오셨어요?"

"그래. 몸은 괜찮니?"

"예."

강대경은 감정이 복잡한 모양이었다.

"여보, 회식은?"

"저녁 다 같이 먹었고, 이 차 간다고 해서 먼저 빠져나왔어."

"이이는. 이런 날 수고한 분들을 끝까지 챙겨야지."

"전무랑 상무가 계시네요. 게다가 어찌나 찬이 얘기를 해 대는지 더 앉아있기도 그렇더라구."

"그래도."

강대경은 고개를 숙여 가며 유혜숙의 얼굴을 들여다보았다.

"어이구? 우리 마누라 살아났네?"

"이그."

아직은 기운이 부족했지만, 유혜숙은 좋아지고 있는 것이 분명했다.

"내일은 우리 저녁 먹는 거 맞지?"

강대경이 유혜숙과 강찬에게 답을 듣고는 안방으로 들어갔다. 강찬의 상처와 결석이 내내 마음에 걸렸고, 어쩌면 혼자 온갖 상상을 하며 시달렸는지도 모른다. 그런데도 끝내 강찬이 이야기할 때까지 기다릴 생각인 듯했다. 하지만 사실대로 설명할 수는 없는 일이어서 강찬은 시간이 해결할 수밖에 없다고 여겼다.

방으로 들어왔을 때 또 문자가 와 있었다.

바쁘다.

{나 여덟 시 삼십 분에 아파트 도착해. 많이 아파? 오늘 학교 안 나와서 걱정돼.}

{문자 확인하면 아무 때고 답 줘.}

이렇게 연달아 보낼 거면 한 번에 보내는 게 낫지 않을까?

강찬은 전화를 걸었다.

[나야!]

"어디니?"

[오 분 뒤면 도착해. 많이 아파?]

"지금은 괜찮아졌어."

[못 나와?]

어떻게 할까? 옆구리와 어깨의 통증 때문에 별로 움직이고 싶지 않았다. 그런데 마지막에 맥 빠진 음성을 듣자 얼마 전 운동부실에서 울던 김미영의 모습이 떠올랐다.

"나갈게. 벤치에서 보자."

[응! 나 금방 도착해.]

전화를 끊은 강찬은 생각나는 것이 있어서 책상 서랍에 넣어 두었던 만 원권 두 장을 챙긴 다음 거실로 나갔다.

"저 미영이 좀 만나고 들어올게요."

유혜숙이 안방에서 나왔다.

"아빠, 샤워하셔. 다녀와."

강찬은 금방 올라올 거란 말을 하고는 엘리베이터를 타

고 내려갔다.

날이 더워져서 그런지 벤치에 사람들이 있었다. 어차피 나갈 생각이어서 강찬은 아파트 입구로 걸어갔다.
잠시 뒤, 노란 학원 버스에서 김미영이 내리더니 엉성한 자세로 그에게 달려왔다.
"넘어진다."
"많이 아팠어?"
"이제 괜찮아."
김미영의 눈을 보자 나오길 잘했다는 생각이 들었다.
"벤치에 사람이 많더라. 그냥 조금 걷고 들어올까?"
"그래도 돼?"
"괜찮다니까."
김미영이 '흐흐흐.' 하는 웃음을 웃으며 그의 곁을 걸었다.
휴가 나와 여동생과 걷는 듯한 기분이 나쁘지 않았다.
"내일부터 학교 같이 가자."
"운동부 때문에 먼저 가야잖아."
"석강호 선생님이 교통사고가 나서 잠깐 운동부를 닫는대."
"정말?"
석강호가 무척이나 서운해할 정도로 김미영은 그의 교통

사고를 반기는 얼굴이었다.

"이 주 뒤면 기말고사 바로 전이네?"

강찬은 알지 못했던 이야기다.

"시험! 나 꼭 전교 일 등 할 거야. 자신 있어. 요즘 공부가 너무 재밌어."

김미영이 부끄러운 듯 고개를 떨궜다.

에효, 이 병아리야.

이 녀석은 정말 중학생이 연예인 좋아하는 느낌인 게 맞다. 그나마 공부가 재미있다니 다행이란 생각이 들었다. 남은 이 주 동안 적당한 평계를 만드는 과제가 남았지만 말이다.

아파트 바깥쪽 길을 타고 커다랗게 돌았다.

"빵 먹을래?"

"아니."

"나 케이크 하나 사려고. 아버지가 오늘 커다란 계약을 하셨는데 그거 축하해 주고 싶어."

"ㅎㅎㅎㅎ."

얘는 이게 뭐가 좋은 거지?

아무튼, 둘이 제과점에 들어가 김미영이 골라 주는 단순한 모양의 9천 원짜리 케이크를 하나 샀다.

집으로 돌아오는 길에 힐끔거리는 놈들이 있긴 했지만, 신경 쓸 정도는 아니었다. 이런저런 이야기를 나누며 아파트로 들어왔을 때는 30분쯤 지난 다음이었다.

"들어가. 공부 열심히 하고."

"응! 내일 아침에 봐. 안녕."

김미영이 뛰어갔다.

그래. 이렇게 공부에 전념하게 하는 것도 나쁘지 않겠다.

강찬은 김미영이 아파트 입구에 들어간 것을 확인하고 돌아섰다.

엘리베이터에서 내려 케이크를 꺼낸 다음 가운데 3개의 초를 꽂았다. 쪼그려 앉아서 하다 보니 실없는 웃음이 나왔다. 전에 누군가 이런 짓을 하라면 단박에 케이크를 밟아 버렸을 거다. 불을 붙인 다음, 케이크가 올려진 상자를 들고서 강찬은 현관문을 열었다.

"찬이니?"

유혜숙이 현관으로 나오다 두 손으로 입과 코를 감쌌다.

"왜? 왜 그래?"

샤워를 마친 듯한 강대경이 따라 나오다 멈칫하더니 입을 꾹 다물었다.

"계약 축하드려요. 아버지."

"그건 네가 받아야지."

유혜숙이 얼굴을 가린 손끝으로 눈물을 훔치며 강대경을 보았다.

"아버지가 계획하고 준비했던 일잖아요. 어머니와 제가 도울 수 있는 일이 있다면 당연히 해야 하는 게 맞지요. 얼른 초 끄세요. 대신 내일 맛있는 거 사 주시구요."

강대경이 그나마 마음을 풀기까지 오랜 시간이 걸리지 않았다.

'더 다치지 않아도 되는 거냐?'

'예, 정말 다 끝났어요.'

그저 서로의 눈을 바라볼 만큼의 시간이면 충분했다.

"고맙다. 그럼 우리 셋이 함께 끄자."

강대경이 유혜숙의 등과 강찬의 어깨를 안았다.

"고마워, 아들. 고생했어요, 여보."

"울어?"

"아냐! 아들이 고마워서 그래!"

강대경은 한결 마음이 가벼워진 듯 활짝 웃었다.

"축하드려요! 고생하셨어요!"

"여보, 당신 정말 고생 많았어."

"초 녹는다. 자, 하나, 둘, 셋! 후우우."

셋이 식탁으로 가서 케이크를 한 조각씩 나누어 먹었다.

유혜숙은 대학 진학과 프랑스 유학 이야기를 전하며 너무도 행복한 얼굴이었다. 이러다간 가기 싫어도 프랑스를 가야 할 판이다. 한 시간쯤 회사에서 떠도는 강찬의 이야기와 계약할 때의 상황을 실감 나게 들은 다음, 방으로 들어왔다.

새로운 시작 • 165

이젠 편하게 잘 시간이다.

침대에 눕자 상처가 욱신거렸는데 잠은 쉽게 들었다.

⚜ ⚜ ⚜

평화로운 아침.

푹 자고 나면 상처 부위가 훨씬 편하다.

이제야 마음이 놓인 듯한 강대경, 훨씬 좋아진 유혜숙과 함께 식사를 했고, 내려와선 김미영과 버스 정류장으로 향했다.

교통 카드도 챙기고, 아침에 따로 용돈도 받았다.

이제는 거치적거릴 것도 없다.

당분간은 학교생활에 집중할 생각이었다.

버스에 오르자 뒤쪽에 앉아 있던 놈들이 우르르 일어섰다. 저놈들은 종점에서 타나? 놈들이 강찬 주위에 둘러서는 것도, 죄 없는 다른 아이들이 한쪽에 몰려 있는 것도 싫었다.

"앉아."

강찬이 인상을 버럭 쓰자 놈들이 엉거주춤한 자세로 눈치만 살폈다. 강찬은 일부러 가장 뒤편으로 움직였다. 그래야 가운데 있는 다른 아이들이 편하게 간다.

학교다. 반가웠다.

강찬은 김미영과 함께 교문을 들어섰다.

늘 있던 석강호의 자리에 다른 선생이 있는 게 낯설었으나 2주면 끝나는 일이다.

"선배님."

누군가 부르는 소리에 고개를 돌려 보니 차소연이었다.

밝고 주눅 들지 않은 얼굴로 하는 인사가 반가웠다.

"이 주간 운동부 닫는단다. 얘기 들었지?"

"예, 어제요. 선배님 몸은 괜찮으세요?"

"그래. 괜찮아. 나중에 보자."

"예, 안녕히 가세요."

차소연과 갈라선 강찬은 3학년 건물로 올라갔다.

계단과 복도에서 눈치를 살피고 교실로 들어서자 반 전체가 급속도로 조용해진 것도 변함이 없었다.

에효.

암담했지만, 방법이 없다.

이호준은 강찬이 들어서는 것을 보며 고개를 푹 숙였다. 그런데 놈의 얼굴이 심상치 않았다. 그야말로 대놓고 두들겨 맞은 얼굴이었다. 하는 짓으로 봐선 충분히 저런 꼴을 당할 만한 놈이다. 그런데 저 정도 얼굴이면 부모가 알아보지 않나?

남 걱정할 때가 아니다.

강찬은 착잡한 심정으로 자리에 앉았다.

지금 교실에서 유일하게 밝은 얼굴은 김미영뿐이었다. 자리에 앉자마자 책과 복사한 종이를 펼쳐 놓고 집중하고 있었다.

저걸 전교 1등 못하게 방해를 해?

강찬은 혼자 풀썩 웃고 말았다.

그런데 야릇한 긴장감이 교실 전체를 맴돌았다.

강찬이 뒷문을 향해 고개를 돌렸을 때 계집애 하나가 딱딱하게 굳은 얼굴로 서 있었다.

나비 부인?

허은실도 놀란 모양이었다. 하기야 가부키 배우를 연상시키는 하얀 분장으로 들어서다 강찬과 눈이 마주친 것이다.

하여간 저런 년은 둘 중의 하나여야 한다.

정말 죽도록 두들겨서 근처에 못 오게 하거나, 아예 두들겨서 죽여 버리거나.

"쯧!"

그것도 관심이 있을 때 하는 짓이지, 뭐 미쳤다고 그런 곳에 헛심을 쓰겠나. 강찬은 관심과 고개를 동시에 돌렸다.

과거를 하나씩 정리할 생각이었다. 가장 먼저 할 일은 '크리디엣파리' 은행에 있는 통장을 찾는 일이다.

웅웅웅.

조용한 교실이라 진동음은 더 요란하게 들렸다.

샤흐란의 일을 겪고 나서 가지고 다니기로 했는데 역시나 거추장스럽고 짜증 나는 일이었다.

석강호였다.

'선생이란 놈이.'

문자를 켰다.

{스미든이 계좌 보내 달랍니다. 제 놈이 가진 주식 나눠 넣겠다는데요?}

웅웅웅.

멍한 순간에 재차 문자가 들어왔다.

{미친 새끼가 병원 직원한테 통역 부탁하는 바람에 마누라가 정신을 못 차려요. 빨리 수습 좀 해 주쇼.}

강찬은 깊게 한숨을 내쉬고 전화기를 꺼 버렸다.

제6장

분배

GOD OF BLACK FIELD

스미든은 미국 놈이라 영어를 지껄인다. 그러다 보니 병원에서 대화를 나눌 수 있는 사람이 몇은 있었을 거다.

1,200만 유로면 우리 돈으로 얼추 180억 언저리.

그중 얼마를 주겠다고 했는지는 몰라도 교사를 남편으로 둔 평범한 가정주부가 감당할 금액은 아니다.

'통장의 돈을 나누라더니 갑자기 왜 그런 거지?'

강찬은 한숨을 길게 내쉬었으나 당장은 방법이 없었다.

수업이 시작되었다.

언젠가 야쿠자를 만날 것만 같은 철수는 아직도 일본에서 가격만 물어보며 주인을 약 올리고, 수학은 용어부터 알아먹지 못하겠는 데다, 스파이나 저격수가 될 것도 아닌데

분배 • 173

왜 달리는 차에서 쏜 총알이 표적에 도달하는 시간을 알아야 한단 말인가. 모르나 본데 사격은 감각과 경험, 그리고 타고난 배짱이 있어야 한다.

백날 답을 구해 봐라.

사람 몸뚱이를 겨눈 채로 방아쇠를 당길 수 있는지.

수업을 견디다 지쳐 쓰러지기 직전에 점심시간이 강찬을 구해 주었다. 돈가스를 사 주던 석강호의 존재가 이렇게 크게 느껴질 줄은 정말 몰랐다.

"밥 먹으러 가자."

김미영이 밝은 얼굴로 자리에서 일어났다.

학생 식당에 간다고? 생각만 해도 빽빽했다.

매점에 가서 라면이나 하나 사 먹을까?

"안 가?"

에효. 간다, 가.

특별하지 않은 모습을 보이다 보면 다른 아이들도 조금씩 편하게 대하겠지.

염병. 그러나 강찬의 기대는 복도를 나서는 순간 완전히 무너졌다. 북적이며 식당으로 가던 아이들이 복도의 양편에 쫙 달라붙어서 고개마저 떨구고 있어서였다.

아이들의 두려움이 고스란히 강찬에게 전달되었다.

'쯧!'

저 아이들을 욕할 것만은 아니다. 학교 앞에서 회칼로 손을 잘라 댔는데 그걸 만만하게 보고 덤비는 것이 오히려 이상할 일이다. 프랑스에 갈 이유가 사라진 지금, 2학기에도 학교를 다녀야 한다면 좀 더 친근하게 다가갈 필요가 있지 않을까.

봐라. 백설 공주는 이렇게 천진난만한 얼굴로 옆을 걷고 있지 않으냐. 그런데 이상하게도 강찬이 결의를 다지자 아이들이 시선이 더 빨리 돌아갔다.

학생 식당은 교무실이 있는 건물 지하였다.

강찬은 무심코 지하 계단으로 내려갔다.

"찬아."

왜 그러지?

시선을 돌렸을 때 김미영은 계단의 끝에 서 있었다.

"줄 안 서?"

당황스러운 순간이었다.

아직 계단을 두 번이나 돌아야 식당인데 여기서부터 줄을 서 있을 줄은 몰랐다. 그러나 이런 곳에서 특혜를 원할 바에야 차라리 매점에서 라면이나 빵을 먹는 게 낫다.

강찬은 아무렇지도 않은 듯 계단을 올라갔다.

학생 식당은 처음이다.

강찬은 일부러 백설 공주를 벽 쪽에 세우고 그쪽을 향해 섰다. 오가는 아이들이 놀라거나 공연히 긴장하지 않았으면 싶어서였다.

"아, 씨발, 구내식당은 존나 구려!"

그때 쫄쫄이처럼 바지를 줄인 사내 녀석 둘이 주머니에 손을 찌른 채로 그를 지나쳐 건들건들 계단으로 내려갔다.

"새우젓, 다시 식당에 다닌담서?"

"운동부라고 존나 깝쳐! 냄새 존나 나는 계집애가."

백설 공주가 잽싸게 강찬의 눈치를 살폈다.

혹시 차소연 이야긴가? 강찬은 의아한 생각이 들었으나 일단 모른 척했다. 몇 마디 말 좀 했다고 불러서 윽박지르기도 그렇고, 무슨 정의의 사도라고 줄 서라, 마라, 일일이 악을 쓰겠나 싶어서였다.

줄은 예상보다 빠르게 앞으로 나아갔다.

'줄 설 만하네.'

김미영은 벽에 붙어서 무척 행복한 얼굴이었다.

'카레가 정말 맛있어.'와 '국이 짤 때가 많아.' 등 학생 식당의 메뉴와 간 등을 설명해 주기도 했다.

다행이라고 해야 하나? 그래도 학교에서, 그것도 같은 반에서 이렇게 편하게 대해 주는 누군가가 있다는 사실이.

만약 백설 공주마저 없었다면 지금쯤 매점에서 라면을 사먹으며 겉돌고 있었을 거다.

계단을 두 번 돌아서 가자 활짝 열린 철문 안에서 여러 가지 음식 냄새가 훅 끼쳤다. 얼핏 보니 철문을 들어가 오른편으로 배식대가 있고, 그 앞으로 기다란 탁자가 일정하게 놓였다. 각자 식판에 밥을 타서 원하는 자리에서 먹는 모양이었다.

그동안 껄렁대는 몇 놈이 줄을 무시하고 스쳐 지나갔는데 그때마다 강찬의 앞뒤에 있는 아이들이 그의 눈치를 살폈다.

왜 가만있냐? 저런 놈들 좀 어떻게 해 주면 안 되냐?

눈빛에 담긴 뜻은 알았다. 하지만 조금 전에도 생각했듯이 저런 놈들을 일일이 불러 세우는 건 강찬의 스타일이 아니다.

처음 와 보는 식당이었다.

슬쩍슬쩍 안을 들여다보던 강찬은 한순간 고개를 갸웃했다.

차소연?

북적이는 식당에서 그녀 주위만 텅 비어 있는 바람에 한눈에 알아볼 수 있었다. 차소연은 고개를 푹 숙인 채로 식판만 보고 있었다. 운동부를 벗어나면 저렇게 지내고 있었던 건가?

말은 들었지만, 직접 본 것은 처음이었다.

그렇게 밝은 얼굴로 인사하는 아이가 혼자 있을 때는 저런 꼴을 당하고 있었던 거다.

프랑스, 아프리카에서도 인종 차별은 있었다. 그러나 저렇게까지 대놓고 사람을 몰아세우진 않는다.

이를 꽉 깨물었던 강찬은 커다랗게 숨을 쉬었다.

아서라. 여기서 뭐라고 애들을 두들길 건가?

껄렁대는 놈, 몇 놈 윽박질러 봐야 차소연만 멀리 떨어트려 놓는 꼴이 된다.

강찬의 앞뒤에 서 있는 아이들이 그의 표정과 차소연을 번갈아 살피며 잔뜩 긴장한 얼굴이었다.

강찬은 냉정한 얼굴로 끝까지 줄을 지켰다. 그의 눈빛이 번들거리자 김미영도 긴장한 얼굴로 차소연과 강찬을 번갈아 보았다.

마침내 철문 안으로 들어섰다.

강찬은 당당한 자세로 식당 안쪽을 느긋하게 훑어보았다.

시선이 하나둘 몰리기 시작하더니 한순간에 식당 안이 조용해졌다.

끼기깅. 끼깅.

제법 인상 더럽게 생긴 2학년 몇 놈이 급하게 자리에서 일어나 그에게 인사했다. 눈치 없는 아이들이 뒤늦게 강찬을 발견한 이후로 식당은 젓가락 움직이는 소리조차 나지 않았다.

배식하던 아주머니 몇 명이 무슨 일인가 머리를 내밀고 식당 안을 보았다가 강찬의 정체를 묻는 듯 앞에 있는 학생에게 눈짓을 했다.

2학년 한 놈이 달려왔다.

"앉아 계시면 제가……."

"가라."

샤흐란의 일 때문인지 한번 독기가 오르면 눈이 쉬 풀리지 않는다.

참으로 고요하고 경건한 배식이었다.

차소연은 바짝 긴장한 얼굴을 숙인 채로 수저도 움직이지 못하고 있었다.

왜 저런 아이가 있어야 하지? 여기 있는 새끼들이 다 개코라 강찬이 못 맡는 냄새를 맡기라도 하는 건가.

마침내 그의 차례였다. 아주머니조차 긴장한 듯 보였다.

식판과 우유를 든 강찬은 차소연 앞으로 갔다.

달칵.

그는 식판을 내려놓고 다시 한 번, 식당 안을 날카롭게 노려보았다. 밥을 먹던 몇 놈이 얼른 수저를 내려놓는 것이 보였다. 김미영이 강찬의 옆에 앉자 차소연이 눈치를 살피는 것처럼 천천히 시선을 들었다.

놀라고 당황하고 반가운 얼굴이었다.

길을 잃었던 아이가 보호자를 만난 듯한 눈빛이었다.

아직 강찬은 앉지 않았다.

탁자 3개를 건너서 쫄바지를 입고 순서를 지나쳐 갔던 놈들이 보였다. 강찬이 그쪽에 시선을 주며 피식 웃자 놈들이 겁먹은 개처럼 대가리를 떨어트렸다.

분배 • 179

이 씨발 놈들을 어떻게 할까?

불러서 식판으로 대가리를 한 번씩 갈겨 줄까?

"찬아."

김미영이 걱정스러운 목소리로 그를 부르지 않았다면 정말 그랬을지도 모른다. 치열한 전투를 치르고 난 다음이면 이런 적이 있었다. 아무렇지도 않다가 날이 서면 유독 독해진다.

아프리카에서도 이런 때 강찬을 건드리는 놈은 없었다. 다른 구대의 알제리 놈 하나가 '몇 놈 죽었다고 더럽게 인상 쓰네.' 라며 껍죽대다가 피떡이 된 이후로는.

여담이지만 그 일로 훈장과 포상금이 날아갔었다.

"찬아, 밥 먹자."

칭얼거리는 것처럼 김미영이 또 그를 달래 주었다.

여동생이 있는 자리다. 참으려고 고개를 돌리던 강찬의 눈에 차소연의 주위가 텅 빈 것이 보였다.

번득.

"찬아, 제발."

"후우."

강찬이 다시 시선을 들었을 때, 이번엔 서 있던 놈들의 고개가 뚝 떨어졌다. 아직껏 아무도, 누구도, 밥을 먹지 못한다.

그때 김미영이 강찬의 손을 살짝 잡았다.

뭐지?

고개를 돌렸을 때 겁먹은 얼굴로 김미영이 웃고 있었다.

웃기는 일이다. 손에서 전해지는 온기와 김미영의 얼굴을 보자 독기가 쏙 풀어지면서 죄 없는 다른 아이들에게 미안한 마음이 들었다. 강찬은 자리에 앉을 수 있었다. 그러자 숨 막히던 긴장이 조금은 누그러졌다.

다시 강찬과 김미영, 그리고 차소연이 밥을 먹기 시작하자 비슷한 소리가 식당 안 전체로 차츰 퍼져 나갔다.

추모식에 나온 학생들처럼 숙연하게 하는 식사다.

살벌한 분위기를 풀고 싶었는지 김미영이 자주 질문을 던졌고, 차소연이 답을 했다.

주로 공부에 관한 이야기여서 강찬은 끼어들지 않았다.
"언니, 저 그럼 아침에 한 시간씩 수학 가르쳐 주실래요?"
"해 보자. 재밌겠다."

식사가 끝날 때쯤 강찬은 무사히 학교에 나올 수 있게 되어서 다행이란 생각을 했다. 만약 그렇지 않았다면 차소연은 점점 더 고립되었을 거다.

이건 때린다고 해결되는 문제가 아닌 것 같았다.

가까이 앉으라고, 친해지라고 강요할 수 없기 때문이다. 그나마 대놓고 멸시하지 못하게 할 수는 있어도 강제로 친해지게 하기는 어렵다. 방법이 필요했다.

점심을 먹고 운동장 근처에서 잠시 노닥거리다가 교실

로 향했다.

"백설 공주."

"응?"

"아까 손잡아 줘서 고마웠어."

"ㅎㅎㅎ."

아무래도 웃음은 고쳐 줄 필요가 있다.

손잡아 준 것을 고마워하는 의미도 잘못 이해한 거 같고.

오후 수업이 강찬을 옭아맸는데 의외로 국어 수업은 들을 만했다. 게다가 차소연이나 문기진 같은 아이들에게 찍힌 낙인을 지워 줄 방법이 있을까 하는 고민을 하다 보니 수업이 그렇게 지루하지 않았다.

마침내 길었던 봉인이 풀리는 듯 수업이 끝났다.

강찬은 우선 집으로 가기로 했다. 그 난리를 쳐 놓고 교복 차림으로 병원에 가기는 좀 그랬다.

"걸어가자."

"그래."

나쁠 것 없다.

김미영은 식당에서 무서웠다느니, 나쁜 애들이 정말 많다느니 하며 조잘거렸다. 그렇게 집에 도착했다.

"들어가고, 내일 보자."

"안녕."

김미영과 헤어져 아파트 현관에 들어설 때였다.

웅웅웅.

진동음이 울려서 전화기를 확인했다.

석강호인 줄 알았다.

{강찬, 이제부터 시작이다.}

뭐지?

발신자 번호가 '000000'이다.

'이 병신은 또 뭐야?'

딱 거기까지였다. 강찬은 피식 웃으며 엘리베이터를 탔다.

자신 있는 놈은 절대 이런 짓 안 한다. 어설프게 이럴 게 아니라 그냥 한 방에 달려든다.

집에 들어간 강찬은 간단하게 씻고 옷을 갈아입은 다음 병원으로 향했다. 우선 유헌우를 찾아가 갈비뼈 사진을 먼저 찍었다. 사진을 들여다본 그의 표정에 놀라움이 가득했다.

다음은 어깨의 상처였다.

입술을 모아 좌우로 움직이던 유헌우가 커다랗게 숨을 내쉬며 소독을 하고 붕대를 감아 주었다.

"안 좋은가요?"

"너무 좋아서 걱정입니다. 세상 사람들이 다 강찬 씨 같다면 의사들 밥 굶기 딱 좋겠어요."

유헌우는 진지한 표정으로 말을 이었다.

"시간 될 때 조직 검사 한번 해 봅시다. 세포의 재생과 분열이 너무 빠르면 예상하지 못했던 결과가 나올 수도 있거든요."

"나중에 하죠."

"비용이 드는 일이라 강요하긴 어렵지만, 조만간 꼭 시간 내서 오세요."

유헌우 정도 되는 의사가 돈을 더 벌기 위해 이런 권유를 하지는 않을 것이다. 그러나 당장은 유혜숙에게 걱정거리를 안기고 싶지 않아서 강찬은 우선 검사를 뒤로 미뤘다.

엘리베이터를 타고 올라가 석강호의 병실로 들어갔다.

"어서 오슈."

"하이, 차니!"

석강호가 못마땅한 얼굴로 강찬을 맞았다.

"저 새낀 왜 여기 누워 있어?"

석강호의 맞은편 침대에 스미든이 왼쪽 눈을 내놓고 등을 기댄 채 앉아 있었다.

"심심하고 무섭다고 저 지랄이우. 말이 통해야 뭐라고 할 텐데 난 한국말과 알제리 말만 하고, 저 새낀 불어와 영어 밖에 안 되니 갑갑해 죽을 판이우."

강찬은 시선을 피하는 스미든을 보았다.

"넌 왜 여기 있어?"

"혼자 있으려니까 심심하고 이참에 한국말이나 배워 보려고 그랬소."

지랄도 참.

강찬은 다시 석강호를 보았다.

"안식구는 갔냐?"

"애들 챙긴다고 갔수. 내가 움직일 수 있으니까 자고 내일 오라고 했수."

"커피나 한 잔 타라."

"그럽시다."

석강호가 봉지 커피를 타자 스미든이 잽싸게 '다예!' 하고 먹고 싶다는 뜻을 밝혔다.

"그냥 타 줘라."

목에 뻣뻣한 플라스틱 깁스를 하고 눈알을 부라리는 석강호를 강찬이 말렸다. 두 놈이 함께 있는 것을 보니 벌써부터 골이 지끈지끈 아픈 것 같았다.

"이 맛은 정말 환타스틱 하네요."

머리카락부터 온 몸뚱이에 북슬북슬 노란 털이 가득한 놈이 붕대를 칭칭 감은 상태에서 봉지 커피를 마시는 꼴이라니.

왼쪽 눈과 주둥이만 내놓고 종이컵을 홀짝이는 것이 안돼 보이기도 하고, 얄밉기도 하고, 감정이 복잡했다.

"너는 또 왜 갑자기 주식은 나눠 준다고 지랄을 떨어?"

창문을 열고 담배를 하나씩 문 다음에 강찬이 던진 질문이었다. 커피 마시랴, 담배 피우랴, 스미든이 바쁘게 움직이던 손을 내려놓고 강찬을 보았다.

"통장에 삼백만 유로, 내게 천이백만 유로의 주식이 있으니까 그걸 셋으로 쪼개면 한 사람당 오백만 유로씩 되잖소? 공평하게 나눕시다. 대신 나도 당장 현금이 필요하니까 통장에서 백만 유로는 쓰게 해 줘요."

"주식은 갖고 있고, 돈은 찾아줄 테니까 그냥 써, 인마!"

"노우, 차니."

스미든이 뜻밖에도 진지한 외눈으로 강찬을 보았다.

"오른쪽 눈과 망가진 몸뚱이를 봐서 옛날의 죄를 용서하고 동료로 인정해 줘요. 여기서 내가 더 가지면 언젠가 나도 샤흐란 꼴이 될 거란 생각이 들었소. 돈 욕심을 내란 게 아니라 내게 다시 기회를 달란 거요. 갓 오브 블랙필드의 부하가 될 기회."

"개새끼가 점잖은 척 말할래?"

"예쓰, 차니. 그렇게 예전처럼 날 대우해 줍시다."

반가운 눈으로 욕 처먹는 놈은 또 처음이다.

"알았으니까 주식은 그냥 놔둬. 여러 가지로 번거롭다."

"차니."

스미든은 물러설 기세가 아니었다.

"셋 남았으니까 이제부터라도 셋이 공평하게. 정 그러면 내가 알아서 보낼랍니다."

한번 고집을 피우면 어지간히 패서도 안 듣는 놈이다.

강찬이 심오한 표정으로 스미든을 노려볼 때였다.

"이런 도라이 같은 새끼가."

석강호가 짜증을 내며 전화기를 들여다보고 있었다.

"뭔데?"

"아, 어떤 미친 새끼가 '넌 조만간 죽을 거다.' 라고 문자를 보냈지 뭐요. 어이, 재수 없어."

"발신 번호가 어떻게 되는데?"

"어디 보자, 뭐야 이거? 영이 여섯 개요."

강찬은 찝찝한 기분이 들어 석강호에게 다가갔다.

"이거 보슈."

강찬에게 문자를 보여 준 석강호는 아예 삭제 버튼을 누르고 전화기를 침대에 던졌다.

"어떤 새끼지?"

강찬은 전화기를 꺼내 아까 받은 문자를 보여 주었다.

"얼래? 이게 뭐요?"

석강호가 전화기에서 시선을 들어 강찬을 보았다.

"너랑 내 번호를 아는 새끼란 뜻이잖아?"

"이거, 학교에서 쥐 맞은 애새끼들 장난 아뇨? 왜 그러쇼?"

강찬은 퍼뜩 떠오른 생각이 있었다.

"내가 호텔에서 잃어버린 전화기를 주운 놈 아닐까?"

"에이, 샤흐토 브니므부터 다 해결됐는데 그걸 주워서 달랑 우리 둘에게 문자 보낼 놈이 누가 있소? 청소도 오광택이 똘마니가 했다면서요."

"그런가?"

"너무 날카로워지지 맙시다. 아직 안 풀어진 거 같은데 어디 가서 시원하게… 아, 참. 아직 학생이지."

석강호가 안 됐다는 표정으로 입맛을 다셨다.

"예민해지지 말라니까요. 정 안 풀어지면 나랑 술이나 한잔하든가요."

"됐어. 아까 낮에 아슬아슬했던 것도 그냥 넘어갔어."

말이 나온 김에 강찬은 점심시간에 있었던 일을 설명해 주었다.

"하여간 애새끼들이 어떤 면에선 참 잔인해."

맞는 말이다.

"그나저나 저 새낀 어쩌우?"

강찬은 얼결에 스미든을 보았다.

"저 새끼는 주식이랑 통장에 든 돈을 셋이 공평하게 가르자는 거야. 그래서 주식 삼 등분, 통장에 있는 돈 삼 등분 하고 깨끗하게 다시 출발하자는 거지."

"대장 생각은 어떻소?"

스미든은 고개를 숙인 채로 슬쩍슬쩍 눈치만 보고 있었다.

"저놈은 생각이 바로 박힌 놈이 아니야. 처음에 돈을 가지라고 할 때는 그러려니 했는데 주식까지 나누자고 하는 걸 보고나니 뭔가 미심쩍다."

"한편으로 넣어 달라고 했담서요?"

"그러니까. 너 같으면 우리 곁에 있고 싶겠냐? 가진 주식 처분해서 눈치 안 보고 편안하게 살 곳으로 가면 되는데?"

"그러네!"

석강호와 눈이 마주친 스미든이 잽싸게 시선을 피했다.

"저 새끼, 눈을 피하는 게 정말 이상하우. 원래 저놈은 날 만만하게 봐서 어지간한 일로는 저러지 않거든요. 심지어 내 지갑을 들고 튄 다음 날도 오히려 큰소리를 치던 놈인데."

강찬이 무슨 소린가 해서 석강호를 보았다.

"내가 말했던 것보다 돈이 많았다고 악을 씁디다. 그런 새끼가 공평하게 셋이 나누자고 하고는 내 눈을 피한다는 게 말이 되우? 이거 아무래도 이상해요."

"쯧!"

당장 급한 일은 아니다. 그러니 잠시 지켜보는 게 좋겠다고 생각을 마쳤을 때였다.

"대장, 이런 말 한다고 오해하지 마슈."

"뭔데?"

"주식이랑 돈, 셋이 나눕시다. 어허, 오해하지 말라니까요."

분배 • 189

석강호가 억울하다는 얼굴로 강찬에게 항변했다.

"저 새끼, 분명 뭔가 있소. 아마 다 나누고 나면 뭔가 튀어나올 거요. 내가 늘 당했거든요. 그러니까 공연히 문제 생겨서 엉뚱한 놈 주둥이에 처넣기 전에 나누자는 거요."

그런가? 강찬이 스미든을 보았을 때였다.

"못 미더우면 내 몫도 대장이 가지고 있으면 되잖소."

석강호의 말에 강찬은 퍼뜩 느껴지는 것이 있었다.

지옥에서 살아남은 대가를 석강호가 받는 거다. 그걸 강찬이 이래라저래라 할 자격이 있나 싶었다.

솔직히 죽어 간 대원들의 남은 가족에게 전할 생각도 했었다. 그러나 과거의 이야기를 하는 경우가 극히 드문 데다, 죄다 외롭게 큰 놈들이어서 굳이 찾아가 돈을 전해 줄 애틋한 가족이 있는 놈도 없다.

"알았다. 저놈에게 몇 가지 물어보고 다른 생각이 없으면 네 말대로 하자."

강찬은 말을 마치고 스미든을 불렀다.

"스미든, 네 말은 알겠다. 다예의 의견도 들었고. 대신 한 가지는 분명히 하고 넘어가자. 우리에게 숨기는 게 있다면 지금 말해라."

스미든이 힐끔 강찬을 보았다.

'뭔가 있구나.'

"없수. 여기서 더 숨길 게 뭐가 있어요?"

그런데 대답은 엉뚱한 게 나왔다. 샤흐란에게도 붙었던 놈이 다른 생각을 가지고 주변에 남게 하고 싶지는 않았다.

"스미든."

"예."

강찬의 음성이 바뀌자 석강호도 긴장한 시선으로 두 사람을 번갈아 보았다.

"주식은 없던 일로 한다. 넌 너 알아서 움직여. 그리고 내가 말을 뱉은 거니까 백만 유로는 보내 주마. 여기까지."

남는 돈은 석강호의 몫이라 여겼다.

강찬이 피식 웃으며 고개를 돌리는 순간이었다.

"확신하지 못해서 말을 못했던 거요. 샤흐란의 뒤에 누군가 있는 거 같았는데 누군지, 정말 있는지도 알지 못해서."

"그것 때문에 주식을 나누자고 한 거냐?"

"그거야……."

위험도 같이 나누고 싶었던 눈치였다.

강찬은 석강호에게 스미든이 방금 했던 말을 전했다.

"저, 개새끼."

스미든이 알아듣는 욕이다.

"대장, 이제는 정말 숨긴 것 없수. 그러니까 공평하게 셋이 가르고 나 끼워 주쇼."

지금의 눈에는 진지함에 솔직함도 담겼다.

"후우… 알았다. 일단 거기까진 믿어 주마."

"고맙소, 대장! 땡큐, 다예루!"

스미든이 움직이려다가 움찔하면서 인상을 버럭 썼다.

"왜?"

"고마워서 환타스틱한 커피나 한잔 타려고 그랬소."

참, 지랄리스틱한 놈이다. 강찬은 석강호에게 커피를 타라고 하고선 상황을 마무리했다.

잠시 차를 마시며 스미든은 우선 급한 대로 한국어를 가르쳐 줄 개인 선생과 월세라도 좋으니 강찬과 멀리 떨어지지 않은 곳에 집을 하나 구해 달라고 했다.

"알았다."

미쉘의 친구 중에 세실이 프리랜서 어쩌고 했던 것이 떠올랐다. 어라? 그러고 보니 신디라는 애는 증권사에 다닌다고 했었다. 하지만 그것들이 제대로 일을 할지는 확신이 서지 않았다.

"오늘 저녁 약속이 있어서 가 봐야겠다."

"저 새끼, 다른 방에 보내 주면 안 되우? 마누라가 왔을 때도 저러고 있소."

침대에 기대앉은 스미든이 무슨 뜻인가 하는 표정으로 눈치를 살폈다. 털북숭이가 한쪽 눈과 주둥이만 내놓고 앉아 있는 꼴이 흉하긴 했다.

"오늘만 참아라. 내일까지 대책을 구해 볼게."

"그럽시다."

강찬은 스미든에게 셋을 제외하곤 누구에게도 아프리카에서의 일을 이야기하지 말라고 다짐한 뒤, 병실을 나왔다.

⚜   ⚜   ⚜

강찬이 집에 돌아왔을 때, 유혜숙은 편한 복장이었다.
"오늘 저녁 먹으러 안 가요?"
"가야지. 아빠도 금방 도착한다고 하셨어."
아직 마음고생의 흔적이 얼굴에 고스란히 남았음에도 유혜숙은 행복해 보였다.
"어디로 가요?"
강찬이 묻는 순간에 문이 열리더니 강대경이 들어섰다.
"오셨어요?"
아무래도 집에서 먹기로 한 모양이었다.
"그래. 당신 준비 다 됐어?"
"응. 이대로 나가면 돼."
그러나 대화를 들어 보면 외식하러 가는 게 맞다.
"이럴 거면 내려오라고 하시죠."
"엄마를 빨리 보고 싶었거든."
"이이가! 하여간 능글맞기는."
"어서 갑시다, 왕비님."
강대경이 유혜숙의 등을 싸안으며 현관으로 걸었다.

뭔가 있는데? 강찬은 따를 수밖에 없는 상황이었다.

지하 주차장에서 차를 타고 아파트를 빠져나온 강대경은 익숙한 길로 차를 몰았다. 그러면서 오늘 하루 있었던 인터뷰와 인터넷에 올라온 기사 등의 이야기를 유혜숙에게 전해 주었다. 뒷좌석에 앉은 강찬은 말없이 두 사람을 보았다.

행복해 보였다.

그런데 강대경은 뜻밖의 장소에 차를 세웠다.

강대경과 유혜숙이 동시에 강찬을 보며 짓궂게 웃었다.

"엄마하고 같이 오자고 했었잖아?"

그렇긴 하다. 그런데 오늘 같은 날, 학교 앞 분식집을 찾을 줄은 몰랐다.

얼결에 내려 함께 분식점에 들어갔고, 돈가스를 시켰다.

"아빠가 엄마한테 약속한 게 하나 있었어."

강대경을 바라보는 유혜숙의 표정이 특별했다.

"집, 차, 그리고 빚이 없다면 그 이상 버는 돈은 어려운 아이들을 위해 쓰자는 거였다."

세상엔 정말 이런 사람들이 있는 건가?

죽어라 번 돈을 남을 위해?

"엄마가 너 처음 안아 본 다음에 아빠에게 부탁했던 일이다. 네가 크는 모습을 계속 볼 수 있다면, 혹시라도 그렇게 된다면 항상 감사하는 마음으로 절대 욕심 부리지 말자고. 사실 지난번에 여기서 돈가스 먹은 걸 자랑하긴 했었는데 오늘 엄마가 여기 오자고 할 줄은 몰랐다."

그 사이, 돈가스가 나왔다. 강대경은 바쁘게 돈가스를 잘라 유혜숙의 앞에 놓아 주고 젓가락도 챙겨 주었다.

"실망했니?"

"아니요. 좀 뜻밖이긴 한데 나쁘진 않아요."

유혜숙이 모처럼 환하게 웃었다.

셋이 식사를 시작했다.

"두 분은 언제 만나신 거예요?"

두 사람의 어리둥절한 표정을 보며, 강찬은 무심코 내민 질문이 잘못되었음을 바로 알아차렸다.

분명 전에 들었던 이야기였으리라.

"사고가 난 이후로 가끔 옛날에 들었던 이야기들이 떠오르지 않을 때가 있어요."

덜컥, 유혜숙의 표정에 안쓰러움이 담겼지만 할 수 없는 일이다. 강대경은 고개를 끄덕여 주었다.

"아빠랑 엄마는 대학교 때 만났지. 집에 사진 다 있다."

'나중에 한번 봐야겠구나.'

강찬이 '네에.' 하고 답을 한 다음이었다.

"사실 그때 아빠네 집이 정말 가난했었지."

"여보, 그런 얘길 또 뭐하러 해?"

유혜숙이 콧소리를 섞어 가며 투정처럼 막았으나 강대경은 꿋꿋했다.

"집이 시골이었던 건 아니고. 악착같이 아르바이트해야 책값과 차비 맞출 정도였지. 일 학년 입학하고 얼마 지나지 않아서 MT를 간다는데 아빠는 그런 거 갈 형편은 아니었거든."

"엄마가 내주셨어요?"

"그렇지! 지금 보면 그때부터 엄마는 아빠한테 푹 빠져 있었던 거지."

"이이가!"

강대경과 강찬이 함께 웃어 대자 유혜숙이 변명처럼 입을 열었다.

"맨날 홀쭉해서 학교에 오는데 얼마나 안쓰럽던지. 그때 아빠 눈이 참 컸거든. 그런데 책을 사야 하거나, 돈을 낼 일만 생기면 겁먹은 것처럼 눈이 더 커지는 거야."

"그래도 어느 정도 관심이 있으니까 MT비를 내 주셨을 거 아니에요?"

"너도 그렇게 생각하지?"

"여보!"

사람들이 돌아보자 유혜숙이 입을 꼭 다물고 강대경을 째려보았다.

"장난이야, 장난. 얼른 들어."

유쾌한 식사였다. 기름이 좋지 않아서 괜찮을까 싶은데 유혜숙은 맛있게 돈가스를 먹고 있었다.

"그 뒤로 아빠 점심은 엄마가 다 사 줬어. 단 하루도 거르지 않고. 군대도 철원에서 나왔는데 한 달에 두 번씩 꼭꼭 찾아와 줬고."

강대경이 사랑스러운 눈빛으로 유혜숙을 바라보았다.

"한번은 하늘에 구멍이라도 난 것처럼 눈이 내려서 온종일 눈을 치운 날이 있었거든. 다들 면회 오는 사람 없을 거라 했는데 엄마가 벌벌 떨면서 왔더구나. 부대에 있는 간부들까지 나와서 엄마를 맞았다. 그 덕분에 이 박 삼 일 특별 휴가도 받았고. 지금도 그때 동기들을 만날 때면 그 얘기가 빠지지 않고 나온다."

강찬이 놀랐다는 얼굴로 유혜숙을 보았다.

"아빠가 제대했을 때 엄마는 국비 유학생으로 합격해 놓고도 아빠에게 말도 안 하고 포기한 거였다. 그리고 아빠가 졸업하고 취직할 때까지 내색 한 번도 안 하고 끝까지 곁을 지켜 주었고."

강대경이 충분히 잘할 만한 했구나 싶었다.

"외할머니께서 너 낳은 뒤에 슬쩍 말씀해 주시더라. 그런 일 있었다고. 어쩌면 너를 만나서 살아난 건지 모른다고 우시면서."

외할머니에 대해 물어볼까 하다가 공연히 분위기를 망칠까 봐 강찬은 고개만 끄덕였다.

강찬과 상대경은 다 먹었고, 유혜숙은 절반쯤 남겼다.

"서운하더라도 우리 가족 회식은 이걸로 하자. 특별하게 기념하고 싶다고 엄마가 선택한 메뉴니까. 자린고비처럼 살자는 뜻도 아니다. 지금처럼 일정 금액을 떼서 어려운 아이들을 도울 거다."

"지금도 하고 계셨어요?"

아차차! 이것도 잘못된 질문인가 보다.

강대경이 얼른 분위기를 수습했다.

"아빠 월급에서 일정 부분은 계속 기부했지."

적당하게 식사가 끝났다.

해가 지는 시간에 세 사람은 가까운 한강 변에 차를 세우고 함께 걸었다. 사람들이 꽤 많았다.

"다음 주에 쉬프 발표회가 있을 거다. 스미든 씨가 한국 지사장으로 따로 발령 났더구나. 프랑스 대사도 온다고 하고. 그날은 엄마랑 와 줬으면 싶은데 어떠냐?"

"가야죠."

강대경이 고맙다는 눈빛을 따로 보낸 후 유혜숙과 이야기를 나눴다. '뭘 입고 가지?', '지난번에 성희 만날 때 옷이 좋던데?', '대사도 온다는데, 아 참! 그날 성희 불러도 돼?' 등의 시시콜콜한 대화를 들으며 강찬은 무심히 흐르는 강을 보았다.

적응하자. 몸뚱이를 찾을 게 아니라면 굳이 프랑스로 가서 용병을 할 이유도 없었다.

'받아들일 생각이다. 이해해 주라.'

강찬은 어디엔가 있을지 모른 몸뚱이의 주인에게 뜻을 전했다. 그러면서 '왜 이런 일이 생겼을까?' 하는 생각도 했다. 혼자도 아니고, 석강호까지. 어디엔가 이렇게 살아 있는 놈들이 더 있는 건 아닌지도 궁금했다.

오래 걷지 않는 것을 보면 기름기 있는 음식을 먹은 유혜숙을 위해 나온 듯한 산책이었다.

세 사람은 그렇게 집으로 돌아왔다.

강찬은 우선 미쉘에게 전화를 걸었다.

"어디 클럽에라도 갔나?"

두 번을 걸었어도 전화를 받지 않는다.

확인하는 대로 전화가 올 일이라 그리 신경 쓰지 않았다.

⚜   ⚜   ⚜

다음 날, 오전 수업 내내 강찬은 어떻게 하면 차소연과 문기진 같은 아이들이 낙인을 벗을 수 있을지를 생각했다. 이런저런 생각을 한 덕분인지 수업 시간이 그리 고통스럽지 않았다. 수업 태도를 만족해하는 선생도 있었는데, 못 자게 하거나 수업을 제대로 들으라고 한 적은 없다.

점심시간이 돼서 강찬은 다시 김미영과 식당으로 향했다.

"선배님!"

차소연이 식당 앞에 있다가 강찬과 김미영을 반갑게 맞았다.

"기다렸니?"

"예."

나쁘지 않은 생각이다.

당분간 점심은 꼭 학교에서 먹어야 할 모양이었다.

웅웅웅.

줄을 따라 계단을 내려갈 때 문자가 왔다.

{차니, 새벽에 일이 끝나서 지금 막 일어났어. 무슨 일?}

새벽에 끝날 일이 뭐가 있지?

강찬은 통화 버튼을 눌렀다.

[차니, 수업 중 아니야?]

"점심시간."

[미안. 화보 찍는 작업이 오전에 끝나서 전화 못했어.]

"괜찮아. 다른 건 아니고, 스미든이라고 공트자동차 한국 지사장이 병원에 있거든. 한국어를 가르쳐 줄 개인 선생이 필요하다는데 혹시 신디가 특별한 일 하는 거 없으면 소개해 주려고."

[알았어, 내가 물어보고 전화할게. 다른 건 없어? 오늘 갑자기 몸이 뜨거워지거나 하지는 않고?]

"끊자."

강찬은 전화를 끊어 버렸다. 헛소리를 상대하기에는 주변에 학생이 너무 많았다. 가뜩이나 목소리 낮춰서 대화하는 것도 짜증 나는 판에 밥 먹자고 줄 서서 몸뚱이가 뜨겁고 차갑다는 말을 할 필요가 뭐가 있겠나.

아이들이 힐끔거리는 시선을 따라 무심코 고개를 돌려보니 쫄바지를 입은 두 놈과 어제 인사했던 놈들이 줄 끝에 보였다. 놈들은 강찬과 시선이 마주치자 또 돼먹지 않은 깡패 흉내를 내며 인사했다.

강찬이 피식하고 웃자 놈들이 얼른 고개를 떨궜다.

저런 병신 같은 놈들에게 받는 인사는 늘 역겹다.

그것도 식사 시간에는 더더욱.

⚜ ⚜ ⚜

이틀밖에 안 됐는데 걸어서 집에 가는 게 자연스러웠다.

강찬은 슬쩍 김미영을 보았다.

눈이 뒤집혔을 때 말린 사람이 처음이라면 믿을까?

그런 말을 해 주면 틀림없이 묘하게 웃겠지만 사실이다.

아프리카에서 다예루가 말려 준 적이 한 번 있었다.

앳된 얼굴의 신병이 두 번째 전투에서 피떡이 돼서 죽은 날, 한쪽에서 담배를 피우던 강찬에게 빈정거리던 알제리 놈. 다예루가 팔뚝을 칼에 찔려 가며 막아 서지 않았다면 분명 놈을 죽였을 거다.

아파트의 상층부가 건물들 뒤에서 모습을 드러냈다.

"들어갈게. 내일 아침에 봐. 안녕."

"그래."

김미영이 기쁜 얼굴로 달려갔다.

내일 다시 만난다는 희망이 가득한 얼굴이었다.

집으로 들어간 강찬은 유혜숙과 잠시 이야기를 나눈 후, 옷을 갈아입고 병원으로 향했다.

택시를 타고 목적지를 말할 때였다. 전화가 걸려 와서 보니 미쉘이었다.

"나야."

[오늘 시간 어때? 신디는 방송 일 때문에 힘들대. 대신, 하고 싶다는 친구 하나 있는데 걔가 잠깐 만나서 얘기했으면 싶다는데?]

강찬은 잠시 고민하다가 미쉘의 말대로 하기로 했다.

"병원으로 오라고 해. 방지병원, 503호. 한국어를 배울 사람이 거기 있어. 나는 지금 가는 길이고."

[오케이, 차니. 방지병원, 503호.]

미쉘이 기분 좋은 음성으로 전화를 끊었다. 밝히지만 않으면 그럭저럭 괜찮은 친구가 될 텐데.

병원에 도착한 강찬은 유헌우를 찾아 어깨 상처를 먼저

치료했다.

"실밥이 떨어진 건 관두고, 어깨에 흉터가 잡혔네요. 이 정도면 붕대를 감지 않아도 될 정돈데? 통증은 어때요?"

"오늘은 아프단 생각을 한 번도 해 본 적이 없네요."

유헌우는 연신 놀랍다는 얼굴로 상처를 소독하고 거즈를 대주었다.

강찬이 병실에 들어서자 석강호와 스미든 모두 구세주를 만난 것처럼 그를 반겨 주었다.

"무슨 일 있었냐?"

"일은 무슨 일이요? 말도 안 통하는 놈과 하루 종일 있으려니까 심심해서 그렇수. 커피 드실라우?"

석강호가 커피를 타는 사이 강찬은 스미든을 보았다.

"공트에서 널 한국 지사장으로 임명했단다. 그리고 조금 있다가 한국어 가르쳐 줄 사람 올 테니까 한번 만나 봐."

"여자요?"

강찬이 말없이 바라보자 눈치를 살피던 스미든이, 봉지 커피를 받고는 히죽 웃었다. 맷집 하나로 살아온 인생이니 오죽하겠나. 저 새낀 지금이라도 삼십 분은 줘 맞을 자신이 있을 놈이다. 잠시 앉아서 수업 받느라 미칠 것 같다는 푸념을 늘어놓고 담배 하나를 더 피우고 났을 때 문이 열리고 그저 그렇게 생긴 프랑스 여자애가 들어섰다. 가슴이 더럽게 컸다.

강찬이 일어나 맞이하자 여자애가 자신을 알리스라고 소개했다.

"인사해. 여기는 석강호, 그리고 이쪽은 공트자동차, 한국 지사장 스미든."

셋이 정신 사납게 인사를 나누었다.

"알리스, 저 사람을 가르쳐야 돼. 해 볼래?"

"잠깐 얘기 좀 나눠 보고."

그녀가 다가가자 스미든은 하나 남은 눈알이 그녀의 가슴을 향해 튀어 나갈 듯한 얼굴로 히죽거렸다.

석강호와 학교 이야기를 나누고 있자니 알리스가 자리에서 일어났다.

"내일부터 수업할게. 보수는 그때 결정하고. 오케이?"

"그래, 가라."

"빠이."

아쉬워하는 스미든을 놔두고 알리스가 병실을 나갔다.

"나 내일부터 다른 방을 쏠랍니다."

스미든이 진지하게 부탁한 내용이었다.

"한국말 배울 건데 아무래도 다예루 쉬는 데 방해될 것 같아 그렇소. 노우, 차니. 그런 눈빛은 날 의심하는 거요?"

"조용해라."

스미든이 얼른 입을 다물고 옆으로 시선을 돌렸다.

"뭐라는 거요?"

"내일부터 병실을 따로 쓰겠단다."
"개새끼."
석강호가 강찬이 하고 싶었던 욕을 대신 했다.
간호사를 찾아 개인 병실 하나를 더 부탁한 강찬은 석강호가 눕는 것을 보고 자리에서 일어났다.
"굿나잇, 차니."
스미든의 인사를 강찬은 그냥 맥없는 웃음으로 받았다.
믿음이 안 가지만 어쩐지 애처로운 놈.
오른쪽 눈을 뺏은 사람에게 인사를 할 수밖에 없는 놈의 모습이 안 됐다는 생각도 들었다.
'자라.'
강찬은 속으로 인사를 하고 병실을 나섰다.

⚜   ⚜   ⚜

금요일에도 수업을 마친 후에 곧바로 병원으로 향했다.
병실엔 석강호 혼자 있었다. 침대에 기대 TV를 보고 있었는데 며칠 병원에만 있어서 그런지 얼굴이 퉁퉁 부어 있었다.
"뭘 매일 와요?"
"스미든은?"
"오전 내내 핸드폰 개통 어떻게 하냐고 병원 직원들에게 지랄을 떨더니 한국어 가르쳐 준다는 여자애 온 이후로 꼼짝도 안 합디다."

"잠깐 갔다 올게."

강찬은 석강호의 바로 옆 병실에 도착했다.

공연히 못 볼 꼴을 보느니 노크하는 게 현명한 일이다.

문을 연 것은 알리스였다.

"차니."

볼이 붉게 물든 것이 수상했으나 이것들의 삶에 의미를 부여하면 피곤하다.

"오셨소?"

스미든이 침대에 걸터앉아 강찬을 맞았다.

"너 공트에 연락 되냐?"

"될 거요."

"그럼 전화해서 퇴원할 때까지 한국 지사에 병원을 알리지 말라고 전화해. 이쪽으로 관계자들 오면 여러 가지로 복잡해진다. 돈 찾는 대로 집 구해 줄 테니까 그리고 옮기기로 하고."

"알았소. 전화기 있소?"

강찬은 전화기를 꺼내 주었다.

"가만, 지금 거기가 몇 시지?"

"오전 열한 시쯤 됐을걸?"

"국제 번호 아쇼?"

"쯧!"

강찬이 폭발하기 직전에 알리스가 나서 아예 번호를 눌러 주었다. 두 사람의 관계가 이상한 것을 느낀 것 같지만, 더 끼어들지는 않았다.

스미든이 충분히 이유를 설명한 후에, 관련 부서 담당 직원과 따로 연락처를 주고받았다. 프랑스 본사에 연락할 일은 그 직원을 통하면 된다는 이야기였다.

"알리스, 잠깐 자리 좀 비워 줘."

"오케이!"

그녀가 흔쾌히 밖으로 나갔다.

"스미든, 샤흐란이 없어졌는데도 프랑스 본사가 아무렇지도 않게 처리되는 건 뭐야?"

"차니, 프랑스에서 샤흐토 브니므의 영향력은 상상을 뛰어넘어요. 오죽하면 내가 아시아 영업 담당 이사가 됐겠소? 아마 모르긴 몰라도 한국 대사관에도 연락이 갔을 거요."

"그럼 이번 마약 거래를 본사에서도 알고 있었다는 거냐?"

"그럴 수도 있고, 아닐 수도 있지요. 그런데 샤흐란 일이 이렇게 무마되고 내가 순조롭게 지사장이 된 걸 보면 나중에라도 알았단 소릴 거요. 일 커져 봐야 좋을 것 없으니까 그냥 덮자는 식이잖소."

"더러운 새끼들이네."

스미든이 힐끔 문밖을 보았다.
"다음 주에 공트자동차 발표회 있단다."
"알리스 데리고 휠체어 타고 가면 되겠소."
"그래라. 저녁은 어떻게 할래?"
"둘이 잠깐 나갔다 오렵니다."
강찬이 고개를 저으며 자리에서 일어났다.

복도에 나오자 기다란 대기 의자에 있던 알리스가 냉큼 병실로 들어갔다. 아무래도 한국말을 배우는 것보다 애가 먼저 튀어나올 분위기였다.

"커피 다 식었소."
석강호가 투덜거리며 건네준 커피를 마시며 둘이 이런저런 이야기를 떠들었다.

제7장

일이 점점 커지네

토요일 오전에 석강호의 가족이 온다고 했고, 일요일에도 같이 있을 예정이라 주말엔 문병을 가지 않기로 했다. 언제고 인사할 사이긴 하지만, 현재의 모습도 그렇고 그걸 굳이 병원에서 할 필요는 없었다.

 어느 정도 건강을 되찾은 유혜숙은 토요일 내내 지인들로부터 축하 전화를 받으며 행복해했다.

 "응! 다음 주 토요일, 오후 세 시. 고마워, 얘!"

 그 외에도 다음 토요일에 있을 공트자동차 발표회에 김성희를 초대하며 함박웃음을 지었다.

 계속 이런 평화가 이어졌으면 싶었다.

 점심을 먹은 강찬은 미쉘에게 부탁해서 세실을 따로 만

났다. 주식과 통장에 있는 금액이 적지 않아서 자칫 소문이 돌까 봐 국내에 있는 증권사는 거래하기가 부담스러웠다.

주식 분배, 스위스 계좌의 송금 문제, 그리고 마지막으로 크리디엣파리에 있는 강찬의 돈을 찾는 문제까지를 모두 의논했다.

문제는 많았다.

우선 주식은 증여로 처리돼서 세금이 절반가량 나오고, 돈은 외국에 있는 것이라 외국환 신고가 어렵다는 거였다.

"머리 아프다. 나중에 스미든 시켜서 찾아오라고 할 테니까 그냥 놔둬라. 한국 지사장이 자기 개인 돈 들고 들어오는 건 괜찮을 거 아냐?"

"알았어. 내가 좀 더 알아보고 연락할게."

토요일은 그렇게 헤어졌다.

일요일에 집에서 쉬고 있자니 세실에게서 전화가 왔다.

HNC 지점에서 스미든이 주식을 담보로 대출을 받은 다음, 다시 스위스에 있는 돈을 찾아 상환하는 좀 치사하고 복잡한 방법을 쓰라는 것이었다.

마지막에 스미든이 석강호와 강찬에게 돈을 빌려 준 것으로 처리하면 편법이지만 당장 돈을 국내로 들여오는 것과 증여세 문제가 해결된다고 했다.

"나랑 석강호가 돈을 갚아야 하잖아?"

[미리 채권 소멸 서류를 만들면 돼. 그건 우리 쪽 법무팀이 알아서 준비할 거야.]

"세금은?"

[증여로 처리하지 말자는 거야. 남들 다 이렇게 해. 딱히 눈에 띌 것도 없고, 서류로 완벽하게 처리할 거고.]

"위법이야? 아니야?"

[편법이라고 하자, 차니. 내가 알아서 할게.]

"쯧! 문제 생길 짓은 하지 마라. 비겁하게 살고 싶지 않으니까."

[그건 우리 팀에게 맡기라니까.]

"알았다."

이게 도대체 뭐라는 건지.

딱 세 가지만 짚은 후에 나머지는 모두 세실에게 맡겼다. 스미든이 따로 준비할 것도 없어서, 오후에 병실로 찾아가 서류 5장에 사인만 받으면 끝나는 일이라 들었다.

석강호는 통장이 있고, 강찬은 월요일에 만들어야 했다.

염병! 번거롭기도 하다. 귀찮아서 석강호 통장에 다 넣으라고 했더니 굳이 나눠 넣는 것이 현명하단다. 꼼짝없이 월요일 점심시간에 은행에 가야 할 처지가 되었다.

⚜ ⚜ ⚜

월요일에는 학교에 가서 오전을 견디고, 점심을 먹은 다음, 은행에 가서 통장을 만들고, 다시 첫 장을 전화기로 찍어 세실에게 보내 주었다. 다시 생각해도 정말이지 성격에 안 맞는 짓인데 집을 구하고 싶다고 징징거리는 스미든을 생각해서 이 악물고 해 달란 대로 해 줬다.

[차니, 저녁에 차용증에 사인해 줘. 법무법인에서 가지고 있을 거고, 스미든이 대출을 변제하면 순차적으로 차용을 풀 거야.]

주식은 일단 삼등분으로 나누어서 강찬과 석강호가 압류를 걸어 팔지 못하도록 처리했다고도 들었다. 뭔 소린지는 확실히 모르지만, 복잡하고 골 흔들리는 모든 일이 끝난 것처럼 보였다.

병원에 도착해서 석강호를 만나자 살 것 같았다.

"무슨 일 있었소?"

"야! 칼을 들고 싸우라면 싸웠지, 통장이 어쩌고, 서류가 어쩌고 하는 건 도저히 감당 못하겠다."

석강호가 '푸흐흐.' 하며 웃고는 커피를 한 잔 타 줬다.

"스미든은 내일 돈 들어오면 알리스란 애랑 둘이 아파트로 옮긴다고 합디다."

"쯧! 차라리 잘됐다. 말 배우는 건 저게 최고니까. 당장 몸뚱이 아픈 놈, 수발할 사람도 없고."

"그건 그렇수."

"다예."

커피를 마저 털어 넣은 석강호가 진지한 얼굴로 강찬을 보았다.

"내일 입금되는 돈은 네 몫이다. 목숨 값. 너 알아서 해라."

"그래도 되겠소?"

"스미든도 당장 집 구하고, 전화기 사고, 옷 사고, 난린데 뭐. 너도 마누라를 주든, 차를 사든, 술을 퍼먹든 알아서 해."

"고맙소."

"내가 준 것도 아니잖아."

"그래도 샤흐란고 그 피 냄새 나는 싸움 덕분에 생긴 돈 아니오? 그걸 내가 똑같이 나눴다는 게 미안해서 그렇소."

"쓸데없는 소리 말고 담배나 줘."

둘이 담배를 하나씩 물었다.

"돈 얘긴 이걸로 끝내자."

"알았소."

강찬의 성격을 아는 석강호다. 실제로도 강찬은 한 번 덮은 얘기를 다시 꺼내지 않는다. 둘이 학교 얘기를 하고 있을 때 세실이 들어왔다. 그녀는 무려 6장이나 강찬의 사인을 받은 다음, 다시 새로 두 장의 서류를 꺼냈다.

"이건 뭔데?"

"혹시 몰라서, 크리디엣파리 계좌 청구 건이야. 사회보장

번호와 비밀번호 안다니까 여기 적어 줘 봐. 그럼 법무팀에서 계좌를 정리할 수 있을 것 같아."

솔직히 스위스에서 넘어온다는 돈보다 더 소중하게 느껴지는 돈이어서 강찬은 조금 더 정성스럽게 사인을 했다.

"차니. 내일 입금되는 돈에서 한 달분 이자, 회사에 들어가는 수수료하고 경비는 제할 거야. 알지?"

"얼마나 되는데?"

"한 사람당 오천만 원 정도?"

"알았다. 수고했어."

"실적 올려줘서 고맙지. 대신 다음 주에 내가 술 살게."

"누가 사면 어때?"

"오케이, 차니. 오늘은 일로 만난 거니까 이만 갈게."

세실이 깔끔하게 병실을 나갔다.

"저러니까 괜찮아 보이기도 하우."

"그러게. 복장도 깔끔하고."

길었던 서류 정리가 모두 끝났다. 어떤 면에선 프랑스와 아프리카에서의 생활이 정리된 느낌이라 기분이 묘했다.

⚜   ⚜   ⚜

화요일, 점심시간에 전화기를 켰더니 문자가 두 통 있었다.

{HNC 입금.}

{HNC 입금.}

이 새끼들은 또 왜 나눠서 사람을 귀찮게 하지?

앞에 문자는 숫자가 많아서 세지도 않았다.

그런데 두 번째 문자를 확인하자 묘하게 가슴이 설레었다.

강찬은 곧바로 전화를 걸었다.

[차니, 그렇지 않아도 전화를 해야 하나 했어.]

"두 번째 입금 이 억 삼 천 어쩌고는 뭐야?"

[크리디엣파리 건. 운용 수익 계약을 해 놔서 제법 짭짤하던데? 차니, 그런 선택을 해 놨을 줄은 몰랐어.]

그런 선택을 했다는 건 강찬도 몰랐다. 잘못되었으면 원금을 홀랑 날릴 뻔한 게 아닌가. 하여간 금융권에 있는 새끼들은 믿으면 안 된다는 확실한 교훈을 다시 한 번 되새겼다.

"아무튼, 수고해 줘서 고맙다. 내게 의미가 있는 거라 더 마음에 든다."

[차니는 하여간 희한하네. 환율이 좋아서 스위스 계좌 건도 십칠 억이 넘어. 차니 나이에 현금을 그렇게 가지고 있는 사람 몇 없을 거야. 우리 회사 회계팀이 관리할 거니까, 혹시 국세청이나 다른 곳에서 연락 오면 무조건 나에게 알려 줘.]

"알았다."

배식을 받기 위해 전화를 끊었다.

지금은 줄을 새치기하는 놈들이 없어서 모두가 강찬이 식당에 오는 것을 반기는 느낌이었다. 거친 척, 주접떠는 놈들 없고, 모두 줄 서서 먹고. 심지어 강찬과 김미영을 위해 차소연의 맞은편 자리 2개만 비워 두고 좌우로 아이들이 빽빽하게 앉아서 편안하게 밥을 먹는 일도 생겼다.

강찬의 바로 주변인데도 말이다.

⚜ ⚜ ⚜

수업이 끝나고 보니 모르는 번호로 전화가 6번이나 와 있었다. 집으로 걸어가는 길이라 강찬은 통화 버튼을 눌렀다.

[안녕하세요, 강찬 씨? 한국은행 신묵 지점장, 송기욱입니다. 이번에 예금을 넣어 주셔서 인사차 전화했었습니다. 저희 은행의 다른 상품도 좀 이용해 보시면 어떨까 해서요. 시간 되시면 제가 언제고 찾아뵙겠습니다.]

이 사람은 내가 학생인 걸 알고도 이러는 건가?

"당분간 건드릴 생각 없으니까 그냥 놔두세요."

뭔가를 떠들려고 하길래 얼른 전화를 꺼 버렸다.

"무슨 일이야?"

"잡상인."

송기욱 지점장이 신세를 한탄하며, 비통한 눈물을 흘릴

표현이지만 어쩌겠나? 통장에 20억쯤 들었다고 떠드는 것보다는 백번 나았다.

❦ ❦ ❦

스미든은 한강이 내려다보이는 널따란 빌라로 옮겼고, 금요일에 석강호도 퇴원해서 드디어 병원에 찾아갈 일이 없어졌다. 학교도 평화롭고, 통장에 용병 생활로 번 진짜 돈도 들었고, 그럭저럭 행복한 한 주였다.

토요일 새벽부터 유혜숙은 아예 전투에 임하는 얼굴이었다.

"아무래도 우리끼리 준비하는 게 낫겠죠?"

"그게 현명해 보인다."

강대경이 주방으로 나서는 것을 말린 다음, 강찬이 오믈렛을 만들었다. 잠시 후에 세 식구가 식탁에 앉아 강찬이 만든 오믈렛을 먹었다.

"여보, 나 미용실 다녀올 거야. 당신 몇 시에 나가?"

"나야 열두 시쯤 나가면 되지."

"어머, 아들! 정말 맛있다아!"

얼마 만에 들어보는 콧소린지 몰랐다.

저 소리를 계속 들을 수 있다면 강찬도 강대경처럼 유혜숙의 눈치를 보며 살 자신이 있었다.

"우리 아들 오늘 멋질 거야. 내가 고른 양복이 정말 잘 어울려."

남편과 자식이 빛나는 게 저렇게 행복하고 좋을까?

유혜숙이 방으로 들어간 다음이었다.

"고맙다. 엄마 저런 모습을 다시 볼 수만 있다면 무슨 짓이라도 하겠다고 생각했었는데."

"전부 다 해 놓으시고 왜 그러세요?"

"아들을 팔아서는 아니라고 생각했었다."

강찬이 안방을 향해 슬쩍 시선을 던지자 강대경이 '아차' 하는 얼굴로 눈치를 살폈다.

"정말 이제 더 위험한 일은 없는 거지?"

"예."

"아빠가 오늘 진심으로 기뻐해도 되는 거 맞지?"

"그렇다니까요."

강찬이 풀썩 웃자 강대경이 커다랗게 숨을 내쉬었다.

이런 아버지의 모습을 얼마나 바랐는지 모른다. 술 먹어도 좋고, 가정 형편이 어려운 건 상관없다. 함께 웃을 수 있는 아버지, 가끔은 둘이 앉아 속을 터놓을 수 있는 아버지.

"왜 그러냐?"

"아버지가 멋져 보여서요."

"이 녀석이!"

강찬이 일어서자 강대경이 싱크대 앞에 섰다.

"놔두세요."

"같이 하자. 이번 계약 건 함께 했던 것처럼."

이건 말릴 수 없다. 돈으로 살 수 없는 것을 받는 느낌.

몸뚱이의 주인에게 정말 미안했지만 절대로 놓치고 싶지 않았다.

⚜　　⚜　　⚜

잔뜩 긴장한 유혜숙과 함께 택시를 탄 것은 2시 30분이 조금 넘어서였다. 유혜숙이 오늘 들인 정성은 강찬이 이해하기에 너무나도 오묘한 것이어서 그냥 그러려니 하기로 했다.

"어쩌니? 길이 많이 막힌다."

토요일이라 당연한 일이다. 조금 일찍 나왔으면 싶었으나 유혜숙이 갖고 있던 옷 전부를 갈아입는 노력과 다음으로 팔찌, 목걸이를 전부 교체해 보는 노력을 기울이는 바람에 이렇게 늦어 버렸다.

"엄마 괜찮아? 아빠 부끄럽지 않겠지?"

마지막에 강찬을 풀썩 웃게 한 유혜숙의 질문이었다.

라츠호텔은 언덕에 있어서 밖에서 보면 1층이 호텔 로비에서 보면 지하층으로 된 구조였는데, 신차 발표회는 그곳에서 했다. 강찬이 들어섰을 때는 단상에 올라간 강대경이 플래시 세례를 받으며 강유모터스의 비전에 대해 설명하는 중이었다.

"아빠 멋있다."

사랑에 빠진 소녀 같은 표정으로 유혜숙이 강대경을 보았다. 강찬은 몸에 꼭 맞는 검정 양복에 흰 셔츠와 얇은 타이를 맸다.

"축하해, 얘!"

두 사람을 발견했는지 김성희가 다가 와 유혜숙의 손을 잡았다. 부러움이 가득한 얼굴이었다.

"안녕하셨어요?"

"그래, 찬이야. 너도 잘 지냈지? 요새 공부는 좀 어떠니?"

"우리 애, 프랑스 유학 준비 중이야."

"어머! 잘됐다. 프랑스어를 그렇게 잘하니까 충분히 그럴만하지."

눈에 불이 활활 타오르고 있었지만 일단 좋은 뜻으로 받아들이기로 했다.

"차니."

그때 눈치 없는 스미든이 휠체어를 타고 강찬에게 다가왔다. 그것도 알리스가 밀어 주는 휠체어를.

"언제 왔냐?"

프랑스어라 유혜숙과 김성희가 못 알아듣는 게 다행이었다.

"한 시간 전쯤에 왔소. 다 알리스 덕분이오."

스미든이 사랑스러운 눈길로 알리스를 보았다.

이것들이 만난 지 얼마나 됐지? 강찬은 가능한 온화한 표정으로 유혜숙과 김성희를 소개했다.

"스미든, 이분은 강유모터스 대표 강대경 씨의 부인 유혜숙 씨, 이쪽은 친구분인 김성희 씨다. 점잖게 대해라."

강찬은 다시 고개를 돌려 한국어로 스미든을 소개했다.

"어머니, 한국 지사장, 스미든 씨예요."

"오! 아름다운 부인들이시군요!"

프랑스어가 연달아 오자자 유혜숙은 만족한 얼굴이고, 김성희는 몹시 불편한 표정이었다.

"앞으로 자주 뵙겠습니다."

"아들, 뭐래?"

"만나서 반갑다네요."

강찬은 적당히 인사를 끝냈다.

그때 오십쯤 돼 보이는 땅땅한 프랑스인이 수행원 2명을 대동하고 강찬의 앞으로 다가왔다.

"스미든 씨, 이분이 강찬 씨인가요?"

"예, 그렇죠. 대사님, 인사하시지요."

스미든과 먼저 인사가 있었던 모양으로 대사가 강찬에게 손을 내밀었다.

"강찬 씨, 주한 프랑스 대사, 라노크요."

"강찬입니다."

라노크는 체격과 키는 작았으나 다부진 체형과 뚜렷한 이목구비를 가져서 한 마디로 만만치 않아 보이는 인상이었다. 공트 한국 지사장이 휠체어를 굴려 가며 나타나더니 이번엔 프랑스 대사가 일개 고등학생을 직접 찾아온 것이다. 유혜숙과 김성희가 똑같이 놀란 눈으로 라노크와 강찬을 번갈아 보았다. 솔직히 강찬도 의외였다.

강찬은 우선 라노크에게 유혜숙과 김성희를 소개했다.

김성희는 아예 얼이 빠진 얼굴이었다.

"강찬 씨, 잠시 둘이 얘기할 수 있겠소?"

"저와요?"

프랑스 대사가 단둘이 나누고 싶은 이야기가 뭐가 있을까?

뜻밖의 제안이나 대사가 이럴 정도면 무언가 있다는 뜻이다. 그는 놀란 얼굴의 유혜숙에게 잠시 다녀오겠다고 웃어 준 뒤에, 라노크를 따라 발표회장의 바깥으로 나왔다. 넓은 로비에 인도네시아 스타일의 차양이 보였고, 주변으로 탁자와 의자가 멋스럽게 설치되어 있었다.

수행원들이 에스프레소 잔에 커피를 두 잔 주고는 멀찍이 떨어졌다.

"강찬 씨, 샤흐란의 일에 관해 잠시 이야기를 나눌까 합니다."

프랑스 대사의 입에서 그것도 이렇게 단숨에 샤흐란의 이름이 언급될 줄은 몰랐다.

"공트자동차는 프랑스를 대표하는 자동차 브랜드요. 본국과 공트자동차는 절대로 샤흐란이 마약을 거래하려 했던 사실을 몰랐으며, 강찬 씨 덕분에 오명을 쓰지 않게 된 점에 대해 본국을 대표해 대사인 제가 감사의 뜻을 전하는 바이오."

그냥 고맙다고 하면 될 말을 참 머리 아프게도 돌려 댄다. 아직 남은 말이 있을 것 같아서 강찬은 가만히 듣고만 있었다. 라노크가 형식적인 미소를 지은 다음 다시 입을 열었다.

"본국의 정보국에서 샤흐란의 일을 깔끔하게 처리했으니 이후로 불미스러운 말이 돌지 않도록 협조를 당부하오."

결국 한 마디로 입단속하란 뜻이다.

"샤흐란은 어떻게 처리됐습니까?"

"그는 비행기를 타러 가는 도중에 교통사고로 현장에서 즉사했소."

중국인들이 데려가 잘게 토막 냈을 샤흐란이 어떻게 차에 치이는 기적을 만들어 내겠나. 서류상으로 그렇게 처리되었다는 뜻이다.

"알겠습니다."

"본국에서는 강찬 씨에게 감사의 표시를 전하고자 합니다. 우선 파리 국립 대학의 전액 장학생 초청, 그리고 강찬

씨가 희망할 경우, 프랑스 국적을 취득할 기회를 드릴 것입니다."

"샤흐란의 일치고는 너무 파격적인데요?"

"보너스도 있지요."

라노크가 처음으로 자연스러워 보이는 웃음을 웃었다.

"스위스 송금 건은 프랑스에서 알아서 처리했으니 한국 국세청에서 문제 삼을 일은 없을 거요. 그리고 공트자동차에서 강찬 씨에게 세금 부담 조건으로 주식을 드릴 예정입니다. 아마 평생 돈 걱정은 하지 않아도 될 것입니다."

'이 새끼들이 죄 알고 있었구나.'

강찬은 쓴웃음을 먼저 지었다.

"다 끝난 일입니다. 굳이 대사까지 오셔서 이렇게 할 필요가 있나요?"

"후년이 프랑스 대통령 선거요. 유력한 후보가 공트와 친인척으로 묶여 있어서 이번 일이 세상에 알려져 스캔들로 비화하면 선거의 결과는 물론이고, 정국을 걷잡기 어렵소. 강찬 씨가 이해하지 못하는 유럽 내부의 이권도 좀 엉켜 있지요."

그럼 그렇지.

"안심하세요."

"고맙소. 혹시 개인적으로 내게 부탁하고 싶은 일이 있으면⋯ 여기 이 번호로 연락하면 됩니다."

라노크가 품에서 명함 지갑을 꺼내 작은 명함을 건네주었다. 강찬은 받은 명함에서 시선을 들어 라노크를 보았다.

"혹시 용병의 교전 기록도 알 수 있습니까?"

라노크는 흥미롭다는 표정과 함께 고개를 갸웃한 다음 입을 열었다.

"샤흐란과 관계된 일은 덮어 두는 게 좋아요, 강찬 씨."

"그러죠."

굳이 상대의 신경을 날카롭게 만들 일은 없어서 강찬은 순순히 물러났다.

"정보국에서 흥미로운 보고를 보냈더군요. 고등학생인 강찬 씨는 그 어느 곳에서도 프랑스어를 배운 기록이 없던데 도대체 어디서 배운 거요?"

"인터넷이라면 믿으시겠습니까?"

"과연 IT 강국답군요."

믿지 않는다는 표정으로 던진 답이었다. 라노크가 행사장을 향해 고개를 돌리며 대화가 끝났음을 표시했다.

"들어가 보셔야죠."

"현명한 판단입니다."

두 사람이 자리에서 일어났을 때였다.

"만약, 말이 돈다면 정보총국에서 남은 일을 처리하게 될 거요."

라노크가 정말 다정한 표정으로 조용하게 말을 건넸다.

요인 암살과 공작, 파괴 등을 주로 하는 곳이 정보 총국이다. 이렇게 부드러운 표정으로 죽일 수 있다는 말을 하는 놈은 처음 봤다.

"마지막 말씀은 안 하시는 게 좋을 걸 그랬어요."

강찬의 대꾸에도 라노크의 형식적인 미소에는 변함이 없었다. 행사장으로 들어왔을 때 스미든이 단상에서 강유모터스와 공트의 발전을 기원하고 있었다.

유혜숙과 김성희가 얼른 다가왔다.

"아들, 무슨 일이야?"

딱히 둘러댈 말이 떠오르지 않았다.

"파리 국립 대학 전액 장학생으로 초대하겠다는데요?"

절대로 자랑질하려는 마음은 없었다. 급하게 대사가 부른 이유에 맞는 답을 하려다 보니 불쑥 튀어나온 거다. 그런데 입술 끝이 부르르 떨리는 김성희를 보자 강찬은 진심으로 그녀와 참석하지도 않은 그의 아들 방대식에게 미안했다.

스미든의 인사말이 끝나고 커다랗게 음악이 울리며 조명이 갑자기 어두워졌다.

팍!

스포트라이트와 함께 자동차가 벽을 뚫고 서서히 앞으로 나왔다. 스티로폼으로 만들었는데 조명이 좋아서 정말 벽처럼 보였다. 박수가 터져 나오고 플래시가 연달아 번쩍였으며 발표회장 좌측에서 모델 2명이 올라와 차의 좌우에 섰다.

발표회장의 모든 시선이 자동차로 쏠렸을 때였다.

연달아 플래시를 터트리는 기자들 틈에서 유독 눈에 띄는 미녀가 있었다.

'미쉘?'

그녀는 손가락으로 카메라맨과 다른 여자 직원에게 무언가를 지시하느라 정신이 없었다. 검은색 정장에 하얀 블라우스를 입었는데… 오늘은 분명 속옷을 입었다.

웃기는 사람들이다.

인터넷이 발달한 한국에서, 그것도 공트자동차의 발표회장에 온 사람 중에 쉬프를 모를 사람이 몇이나 되겠나. 그럼에도 가식적인 탄성과 손뼉 치는 모습을 보자니 저들이 진심으로 축하하는 마음이 있을까 싶었다.

그나마 적어도 한 사람은 진심이 담긴 것처럼 보였다.

유혜숙이다. 모델 곁에서 운전석의 문을 여는 강대경을 보며 유혜숙은 손을 세워 입과 코를 막았다.

"아버지, 멋있네요."

강찬이 유혜숙을 감싸 주었을 때 그녀는 결국 눈물을 보이고 말았다.

"아빠, 엄마 만나서 고생 많이 하셨어. 그런데도 늘 저런 모습으로 엄마와 널 지켜 주신 거야."

기분 좋은 웃음이 나왔다.

유혜숙은 길게 세운 손끝으로 눈물을 훔치고 소심하게 손뼉을 쳤다. 발표회장에 깔린 흥분이 가라앉을 때쯤, 미쉘도 단상에서 내려왔다. 모른 척할 이유도 없고, 예의도 아닌 듯싶어 강찬이 손을 들어 그녀의 시선을 끌었다.

"차니!"

빌어먹을. 모른 척했어야 했다.

가뜩이나 시선을 끄는 미쉘이 치렁치렁한 금발을 휘날리며 요란스럽게 강찬의 품으로 뛰어든 것이다.

"미쉘! 프랑스어로 얘기해."

말릴 겨를도 없어서 강찬은 우선 미쉘에게 당부부터 했다.

"이런 곳에서 보니까 정말 좋다!"

다행히 프랑스어 말이다.

그러나 미쉘은 유혜숙의 바로 앞에서 몇 달 못 본 애인을 만난 것처럼 온몸을 밀착시킨 채로 그의 볼에 키스를 퍼부어댔다. 평소와 다르게 과장된 모습이었다.

"진정해. 지난번에 뵀던 분들이 있으니까 인사 먼저 하고."

여기서 미쉘이 한국어를 지껄이면 첫 만남에서 쇼를 했다고 자백하는 꼴이다. 그제야 미쉘이 몸을 뗐다.

유혜숙과 김성희의 표정이 묘했다.

미쉘은 좋게 말하면 센스가 있고, 나쁘게 표현하면 의뭉

스럽다. 그녀는 불어로 유혜숙과 김성희에게 인사하며 밝은 얼굴로 고개까지 끄덕였다.

"어쩐 일이야?"

"내가 근무하는 잡지사에서 다음 달 쉐프 특집을 내거든. 차니야말로 여기 웬일이야?"

"스미든을 소개한 게 나야. 알리사에게서 말 못 들었어?"

"재랑 따로 연락하는 사이는 아니야."

미쉘이 느닷없이 사무적인 표정으로 알리사를 보았다. 그런 다음, 강찬에게 시선을 돌렸을 때는 또 함박웃음을 담고 있었다.

"강유모터스 대표가 아버지야."

"차니, 로얄패밀리였어?"

"그런 건 아니고."

올 때가 됐다 싶었다. 아니나 다를까, 스미든이 왼쪽 눈이 하트 모양으로 변한 채로 강찬에게 다가왔다.

"차니, 이런 미인을 알고 있어요?"

확 쫓아 버릴까 싶었는데 유혜숙과 김성희도 옆에 있었고, 또 공트 한국 지사장의 위치도 있어서 적당하게 미쉘과 인사를 나누게 했다. 알리스와 미쉘, 두 사람도 얼굴을 마주한 것은 이곳이 처음이란다.

미쉘을 향해 연신 관심을 보이던 스미든은 기자들과 행사 관계자의 요청으로 자리를 옮겨야 했다. 놈은 몹시 아쉬운 표정이었고, 알리사는 안심하는 얼굴이었다.

호텔 직원들이 바쁘게 움직이더니, 간단한 과자와 음료를 준비해 주었다. 여기저기 사람들이 모여 대화를 나누기 시작하자, 강대경이 다가와서 미쉘과 인사를 나눈 후, 유혜숙과 김성희를 데리고 갔다.

미쉘은 확실히 평소와 달랐다.

그렇다고 몸을 밀착하거나 그런 것은 아니고, 음료 등을 챙겨 와서 강찬의 곁을 떠나지 않는 모습이 그랬다.

"차니, 행사 끝나고 같이 맥주 한잔 마실 수 있어?"

김미영을 흉내 내는 듯한 눈빛이었다.

"그래."

세실의 일로 도움도 받았고, 알리사를 소개해 준 것도 있어서 강찬은 순순히 그러자고 했다.

그때, 라노크가 강찬에게 다가왔다. 미쉘을 소개해 주었는데 다분히 형식적인 인사를 나눈 라노크는 '이만 가 봐야 할 것 같아요. 강찬 씨의 발전을 기원합니다.' 하는 인사를 마치고 자리를 떴다.

"차니, 저분과는 어떻게 아는 거야?"

"그냥, 오늘 처음 봤어."

미쉘은 믿기지 않는다는 표정이었다.

"거만하기로 유명한 사람이야. 다음 다음 대선에 대통령을 노린다는 말도 있고. 절대 먼저 와서 인사를 건넬 사람이 아닌데…….”
 그런 게 무슨 상관이 있겠나.
 강찬은 갑자기 이런 자리에 있는 것이 불편해졌다.
 "나갈래?"
 "지금?"
 미쉘은 반가운 표정이었다.
 강찬은 강대경과 유혜숙을 향해 움직였다.
 "아는 친구가 있어서 먼저 좀 나가 볼까 해요. 괜찮을까요?"
 유혜숙이 미쉘을 보며 걱정스러운 표정이 되었다.
 "엄마는 나와 움직일 거니까 편한 대로 해라."
 "고맙습니다. 그럼 먼저 가 볼게요. 오늘 정말 멋있었어요."
 강찬이 웃어 주고 몸을 돌릴 때까지 유혜숙은 걱정스러운 표정이었는데, 딱히 풀어 줄 방법이 없어서 모른 척 걸음을 옮겼다.

⚜ ⚜ ⚜

 행사장 위층의 바깥쪽으로 야외 테라스가 있어서 강찬과 미쉘은 그곳에 자리 잡았다. 토요일이라 사람들이 제법 있었는데 북적이는 정도는 아니었고, 무엇보다 담배를 피울 수 있는 게 마음에 들었다.

맥주 두 병을 주문한 후에 여유 있게 담배를 피웠다.

유리로 된 벽을 통해 드나드는 사람이 보여서 강대경이나 유혜숙에게 흉한 꼴을 보일 염려는 없었다. 맥주까지 한 모금 마시자 조금은 여유가 생기는 느낌이었다. 강찬은 넥타이의 매듭을 풀어 늘어트린 다음, 셔츠의 목 단추를 풀었다.

"올라! 그 모습 너무 좋다. 나, 몸이 뜨거워져."

"병원에 가 봐. 아무래도 좀 이상해."

미쉘이 눈을 스마일 그림처럼 만들며 웃었다.

매력적이긴 하다. 테라스에 앉아 있는 이들 중에 그녀를 힐끔거리지 않는 사람들이 없을 만큼. 그런데 딱 거기까지였다.

사랑 없는 섹스 따위 관심도 없을뿐더러, 이미 개방적인 삶에 익숙한 미쉘을 붙들고 나만 바라봐 달라고 매달릴 마음도 없었다.

"차니는 섹스 싫어해?"

어쩐지 그런 소리 안 한다 싶었다.

"말해 봐, 혹시 문제 있거나 그래?"

피식.

강찬은 대꾸하고 싶지도 않았다.

그런데 미쉘은 계속 답을 기다리는 눈치였다.

"사랑 없이 하는 거, 싫어."

"사랑과 억지로 묶지 말고 그냥 즐기면 되는 거 아냐?"
"넌 그렇게 즐겨. 난 사랑하는 사람과 할 테니까."
"그럼 차니는 경험이 없어?"

강찬을 따라서 미쉘도 맥주를 입에 가져갔다.

이참에 선을 긋는 것도 나쁘지 않을 것 같았다.

"그런 건 아니고. 사랑 없는 섹스를 한 후로 관심 없어졌다는 게 맞아. 허무하더라. 그냥 외로움만 더 진해지는 것 같았고. 돌아섰을 때 뭐 하는 짓인가 싶었다. 그걸로 끝이야."

미쉘이 의아한 눈으로 강찬을 보았다.

"차니, 고등학생 맞아?"

아차! 차라리 몸에 이상이 있다고 해 버릴 걸, 아무 생각 없이 프랑스에서의 감정을 꺼내 버렸다.

"만약 내가 차니를 사랑한다면 나랑도 즐길 수 있는 거니?"

말투가 바뀌었지만 상관없었다.

"힘들 걸. 순결을 원하는 건 아니지만, 개방적인 것도 싫으니까."

"그래. 그러니까 내가 지금부터 다른 사람 다 버리고, 차니만 사랑하면 가능하냐고?"

"미쉘."

강찬은 담배를 입에 물며 진지하게 그녀를 보았다.

"지금부터 그러자고 한다고 사랑이 시작되는 건 아니잖아. 잠시 둘이서만 섹스를 나누다 시시해지면 헤어지는 거 하고 싶지 않다. 그러니까 넌 너대로 좋은 사람들과 즐겁게 지내. 만약 섹스가 없어서 날 만나는 게 불편하다면 더 만나지 말자."

"아그리아뜨(멋있다)!"

에효! 말해 뭐하겠냐. 또 몸이 뜨거워졌는지 미쉘은 붉게 상기된 얼굴로 강찬을 보고 있었다. 어쩐지 섬뜩한 느낌이 들어서 강찬이 미쉘을 보는 순간이었다.

"Je t'aime, Chany."

너무 진지한 눈으로 말을 건네는 바람에, 깊고 푸른 눈이 촉촉하게 젖은 채로 바라보는 바람에 강찬은 잠시 멍했다.

"정신 차려."

"아니야, 차니. 나 이상하다? 고등학생을 상대로 이런 말 하기 너무 자존심 상하지만, 차니의 그 눈빛이 이상하게 날 흔들어. 사실 지난 토요일에 세실을 만난다고 할 때 처음 알았어. 내가 어쩔 줄 모르고 있었어. 그래서 그날 저녁에 내가 세실에게 부탁도 했어. 차니 내가 사랑하는 거 같다고, 당분간 내 사람으로 인정해 달라고."

어쩐지 병원에 왔을 때 전에 없이 깔끔하게 일어서더라니.

"미쉘, 불편해."

"내 과거 때문이니?"

"그런 건 상관없다니까. 하지만 넌 사랑조차 하룻밤 같이 있자는 것처럼 말하잖아. 지금 선택이 틀렸으면 어떻게 할래? 기분 좋게 헤어져? 난 그런 거 못해. 사람을 잃는 게 너무 끔찍해서 사랑하는 사람이 생긴다면 절대 놓을 자신이 없어. 그게 죽음이라도."

빌어먹을. 말을 마친 강찬은 욕을 꿀꺽 삼켰다.

진지한 대화를 통해 선을 분명하게 그으려던 의도였는데 작전이 완전히 틀어져서 아예 불을 지른 것처럼 보였다.

"쥬뎀므, 쥬뎀므, 차니."

'죽인다, 죽인다.'처럼 들렸다.

'쯧!'

강찬은 슬쩍 짜증이 났다.

원하는 남자는 언제고 손에 넣다가 뜻밖에 마음대로 되지 않는 강찬을 만나고 보니 제 감정을 통제하지 못한 것처럼 보인 탓이었다. 강찬이 이만 들어가야겠다고 마음을 굳힐 때였다. 사람들의 시선을 잡아끄는 미녀가 강찬의 테이블을 향해 걸어왔다. 뒤쪽의 테이블로 지나가겠거니 싶었다.

"안녕하세요, 언니?"

그런데 뜻밖에도 미쉘을 향해 반갑게 인사하고는 강찬을 살핀다.

"어머! 여긴 어쩐 일이니?"

미쉘이 한국말을 자연스럽게 쏟아내며 일어서자 힐끔거리던 테라스의 모든 시선이 노골적으로 달려들었다.

"행사 끝나서 인사드리려고 찾아다녔어요. 정 기자님 말씀이 이쪽으로 오셨다고 해서요."

"그래, 잘했다. 인사해. 얘는 아까 자동차 모델을 했던 은소연이고, 이쪽은 강찬 씨. 강유모터스 강대경 대표 아들이고, 내가 사랑하는 사람."

지랄도 참. 소개가 마음에 들지 않는다고 인사까지 함부로 할 일은 아니어서 강찬은 일어서서 간단한 목례만 했다.

"그럼 난 갈게. 둘이 얘기 나눠."

헤어지기 좋은 기회였다. 그러나 사람 일이 뜻대로만 되는 건 아니어서 미쉘의 서운한 표정을 본 은소연이 '저 때문이시면 제가 갈게요. 저 그냥 인사만 하러 왔어요.' 하고 강찬을 말리고 들었다.

가뜩이나 시선이 몰린 상황이다. 서로 마음 불편한 상황이 싫어서 강찬은 차 한잔 같이 마시기로 하고 다시 자리에 앉았다. 은소연이 강유모터스 모델이라는 것도 한몫했다.

자연스럽고, 건강한 미인이란 생각은 들었는데 미쉘만큼 시선을 잡아끄는 매력은 느껴지지 않았다.

은소연은 허브티를 주문했다.

"다른 일은 없니?"

"내일 드라마 촬영 한 꼭지 있는 게 전부예요."

"〈이번엔 내 맘대로〉?"

"예, 드라마가 워낙 인기 있어서 다행이에요. 지난번에 언니가 특별 기사 써 주신 것도 반응이 좋았구요."

강찬은 관심도 없는 얘기다. 몸뚱이가 바뀐 직후에 몇 편 보았던 것이 살면서 본 드라마의 절반쯤 되는 터이고, 그 방면엔 아는 것도 없었다.

차를 반쯤 마신 은소연이 먼저 자리에서 일어났다.

"저 이만 가 볼게요. 뵙게 돼서 반가웠어요."

공손하게 인사를 마친 은소연이 먼저 자리를 떴다.

"우리도 가야지."

"내가 쓸데없는 말 해서 그래?"

"그런 것도 좀 있구."

미쉘이 서운한 표정을 지었지만 어쩔 수 없는 일이다.

"그럼 이 맥주만 마시고 가자."

"그래."

감정을 정리하는 데 오래 걸리지 않을 거다.

개방적으로 살아온 모습이 있기 때문이다.

"참, 차니. 회사 하나 인수해라."

강찬은 멀거니 시선만 주었다.

"쟤 소속된 회사 괜찮아. 사장이 좀 문제가 있다는 소문이 돌더니 이번에 팔려고 내놨나 봐."

"미쉘, 내가 그걸 할 거 같냐?"

"아니."

강찬이 풀썩 웃자 미쉘이 따라 웃었다.

"절대 안 할 거 같아. 그런데 반대로 차니라면 정말 잘할 거 같거든. 무엇보다 어려운 애들 힘들게해서 돈 벌지 않을 것 같고."

"됐다."

미쉘도 더는 권할 마음이 없는 것 같았다.

그녀는 시간을 끌지 않고 시원하게 맥주를 다 마셨다.

"일어나자, 차니."

강찬이 일어서자 미쉘이 얼른 계산서를 집었다.

"이건 회사 카드로 살게."

맥주 두 병, 차 한잔이다. 그리 불편하지 않게 계산을 맡겼다. 호텔의 입구로 나왔을 때 로비 소파에서 기자 2명이 기다리고 있다가 다가왔다.

"차니, 날 받아들이지 못한다면 질척거리지는 않을게. 대신 밀어내진 마."

강찬이 미쉘을 잠자코 보았다. 지금은 진심이라 느껴졌다.

"그게 더 힘들지 않아?"

기자 둘이 한 걸음 떨어진 곳에서 눈치만 살폈다.

"편하게 보자. 그러다 내가 좋아지면 되는 거지?"

강찬이 풀썩 웃자 미쉘도 만족한 듯 따라 웃었다.

⚜︎　　⚜︎　　⚜︎

 강찬이 집에 도착해서 옷을 갈아입을 때, 강대경과 유혜숙이 들어왔다.
"아들! 언제 왔어?"
"지금 막 옷 갈아입었어요. 모처럼 오붓하게 저녁이라도 드시고 오시죠."
"안 그래도 아빠가 꼬드겨 봤는데 너 없이 못 그런다고 해서 그냥 왔다."
 그보다는 지쳐 보이는 강대경을 위한 것이라 여겼지만, 굳이 확인할 필요 없는 일이다. 간단하게 씻고 난 강대경과 유혜숙은 긴장이 풀린 것처럼 소파에 축 늘어졌다.
"아차! 아들, 점심 안 먹었잖아?"
"괜찮아요. 아까 친구와 간단하게 간식 먹었으니까 저녁 맛있게 먹죠."
"그래, 그럼 그럴까?"
 어지간히 피곤한 모양이었다.
"그런데 아들, 아까 미셸이란 아가씨랑 그동안 만난 적이 있었던 거야?"
"걔는 한국어, 저는 프랑스어를 배울 겸해서 통화 가끔 하고 한 번인가 만났었어요. 오늘 우연히 만나서 반가웠었나 봐요."

갈수록 거짓말만 는다. 그래도 유혜숙이 안심하는 것 같아서 다행이다.

"참! 여보, 프랑스 대사가 찬이 국비 유학 제안했대요."

유혜숙의 눈이 반짝이는 것을 보며 강찬은 또 한 번 거짓말을 할 수밖에 없었다. 샤흐란의 일을 설명할 수는 없어서였다.

⚜ ⚜ ⚜

일요일 오전에 아침을 먹고 인터넷 검색을 하고 있을 때 문자가 왔다.

{나올 수 있소?}

이놈은 목에 깁스를 하고도 지칠 줄을 모른다.

강찬은 일단 전화를 걸었다.

[나요.]

"집에 있어. 돌아가지도 않는 목을 해 가지고 어딜 돌아다니려고 그래?"

[아파트 앞이요.]

헛웃음이 나왔지만, 한편으론 반갑기도 했고, 해 줄 얘기도 있었다. 강찬은 석강호 핑계를 대고 집을 나섰다.

현관을 빠져나오자 석강호의 차가 멀리서 뛰뛰거렸다.

"좀 쉬어라."

"그럴까 했는데 심심합디다. 얼굴도 보고 싶고."

차는 아파트를 빠져나와 큰 도로에 접어들었다.

"어제 행사는 기사로 봤소. 못 가서 미안해요."

"됐어. 거기서 인사하기도 그렇고, 목에 깁스하고 와 봐야 좋은 소리도 못 듣는다. 아! 미쉘이 취재한다고 왔더라."

"그래요? 잡지사 다닌다는 게 맞았나 보우."

"그러게."

승용차가 외곽 도로를 탔다.

"전에 갔던 집에 가서 커피나 한잔 마시고 옵시다."

강찬의 마음에 꼭 드는 제안이었다. 20분쯤 걸려서 둘이 전에 앉았던 탁자에 자리 잡고 커피를 주문했다.

강찬은 라노크가 했던 말을 석강호에게 전해 주었다.

"어째 일이 점점 더 커지우."

"우리 입만 다물면 그만이지."

"우리야 그렇지요. 그런데 스미든 그 새끼가 알리스인가 뭔가 하는 여자애에게 주절거리면 어쩌우?"

그건 생각하지 못했다. 게다가 충분히 가능성 있는 이야기였다. 하여간 피곤한 놈이다.

"내일부터 학교 나가우. 운동부는 금요일부터 열기로 했고."

"나오는 대로 연다더니 무슨 문제 있냐?"

수업보나는 운동부 에들 챙길 것이 걱정돼서 던진 질문

이었다.

"내일부터 목요일까지 시험이잖소. 거, 아무리 상관없이 지낸다지만 그 정도는 압시다."

석강호가 짓궂게 웃을 때 강찬은 멀리 강 너머에서 입술을 길게 내민 김미영이 보였다.

제8장

날카롭게

월요일 새벽 5시.

강찬은 운동복 바지에 편한 면 티 차림으로 조용히 아파트를 빠져나왔다.

"후우!"

시원하게 숨을 들이켜고 이리저리 몸을 기울여 근육을 천천히 풀었다. 상처가 많이 아물어서 한바탕 달려 볼 참이었다.

어느 정도 근육이 풀렸다고 느낀 강찬은 적당한 속도로 아파트를 빠져나왔다. 라이트를 켠 차량이 빠르게 달려가고 부지런한 사람들 몇이 있을 뿐, 도로와 인도는 한가했다.

주차장과의 싸움 막바지에 이전의 몸을 느꼈었다. 특히

복도로 나와서 마지막에 칼을 휘둘렀을 때는 완벽하게 아프리카에서의 몸 상태와 같았다. 만약 그때의 느낌이 없었다면 샤흐란을 이기기 어려웠을 거다.

강찬은 두 번씩 숨을 끊어 마셨다.

샤흐란은 경험이 풍부했지만 오랜 지휘관 생활로 날카로움이 줄어 있었다.

강찬은 그렇게 되고 싶지 않았다.

새로운 몸에 적응해서 평화로운 삶을 사는 것과 몸의 날카로움이 떨어지는 것은 전혀 별개의 일이다. 깡패가 되어 칼을 휘두를 게 아니고, 더 해야 할 복수가 남은 것은 아니지만, 그래도 날카로움은 유지하고 싶었다.

'젠장!'

2킬로미터쯤 달리자 숨이 턱에 찼다.

몸뚱이가 기억하는 한계가 이 정도라는 뜻이다.

그 잘난 일기장에 운동도 빠지지 않고 했다더니 달리기는 고작 2킬로미터였던 모양이다.

강찬은 이를 악물고 속도를 유지하려 애썼다.

이 고통을 이겨 내야 몸이 새로운 한계를 받아들인다.

3킬로미터쯤 달리자 숨이 터졌다.

마치 지구 끝까지라도 달려갈 것처럼 기운이 솟구쳤다.

'이 새끼는 도대체.'

좋지 않냐고? 모르는 소리다.

벌써 이러면 5킬로미터쯤에선 더 끔찍한 고통이 달려든다.

강찬은 호흡을 통해 속도를 일정하게 유지하는 데 집중했다. 아니나 다를까, 2킬로미터쯤 더 달렸을 때 허리가 끊어지는 듯한 통증이 강찬을 괴롭혔다.

'맘대로 해라.'

고통과 타협하면 안 된다.

숨이 너무 일찍 터지면 반드시 고비도 빨리 온다. 한 마디로 몸이 달리기 싫다는 거다. 이런 고통에 양보해 본 적 없다. 마라톤을 하겠다는 것은 아니다. 몸을 날카롭게 유지하고 싶을 뿐이다.

강찬은 삭막한 프랑스 외곽의 활주로와 붉게 타오르던 아프리카의 저녁놀을 떠올렸다.

전투에서 죽어 버린 놈들이 생각날 때면 숨 막히게 달렸었다.

'대장! 나 잘했죠?'

녀석은 강찬에게 칭찬받고 싶어 했다.

위탁 가정에서 학교를 졸업하고 용병에 지원했다고 들었다.

스무 살, 프랑스 놈치곤 앳된 얼굴이었는데 첫 전투를 마치고 나서 밤새 '미안해!'를 외쳤었다.

그놈만 그런 게 아니다.

대개 첫 전투를 치르거나, 처음으로 사람을 죽이게 되면 그때의 심정을 잠꼬대처럼 토해 낸다.

'죽어!'라고 외치는 놈들은 전에 살인 경험이 있는 경우가 많았고, '와악!', '안 돼!' 하는 놈들은 센 척했지만, 겁이 났던 경우가 많았다.

그런데 '미안해!'는 처음 들었다.

멍청한 새끼.

제 또래 놈의 시체를 오랫동안 들여다보더라니.

강찬이 달릴 때 끝까지 따라 붙은 다음, 샤워를 하려는데 생수 두 병을 어디선가 가지고 왔을 때도 놈은 늘 '나 잘했죠?' 했다.

그다음 전투에서 놈을 지켜 주지 못했다.

숫자가 너무 많았다.

후퇴 명령이고 지랄이고, 악착같이 적의 목줄을 끊어 가며 달려갔을 때, 놈은 이미 형체를 알아보지 못했다.

개새끼.

그럴 거면서 왜 마지막에 '차니!'라고 외쳤을까.

강찬은 이를 악물었다.

허리? 끊어져라. 이 정도도 견디지 못할 거면 차라리 끊어져 버려라.

그날 빈정거린 알제리 놈을 피떡으로 만들고, 함께 달려들던 그놈 구대장과 대원 둘을 묵사발 냈을 때 그를 유일하게 이해해 준 것이 다예루였다.

스미든이 마지막에 보였던 눈빛을 버릴 수 없었던 이유도 비슷했다. 처절할 정도로 외롭게 살았던 놈들이 마지막으로 의지하는 사람, 강찬.

절대로 그걸 배신하고 싶지 않았다.

염병!

길을 잘못 알았다.

인터넷 검색으로 대략 10킬로미터쯤 달렸는데도 아직 1킬로미터 이상 떨어진 곳에 아파트 입구가 보였다.

거리는 몸이 가장 정확하게 안다.

'넌 주인을 잘못 만난 거야.'

몸뚱이가 약속된 10킬로미터라며 여기저기 삐걱댔으나 강찬은 모른 척했다.

"헉헉, 헉헉."

아파트 입구를 들어와 벤치에 도착했다.

허리를 숙이고, 무릎에 두 팔을 걸친 채 가쁜 숨을 몰아쉬는데 땀이 비 오듯 쏟아졌다.

어지럽고, 심지어 토할 것처럼 속이 뒤집히기까지 한다.

일찍 출근하는 사람들의 시선을 피해 강찬은 놀이터로 걸음을 옮겼다.

날카롭게 • 251

놀이 기구에 발을 걸치고 푸시 업, 턱걸이, 평행봉.

'빌어먹을.'

오늘을 여기까지만 하기로 했다.

⚜   ⚜   ⚜

"어머! 땀 좀 봐. 운동하고 온 거야?"

아침을 준비하던 유혜숙이 밝은 얼굴로 강찬을 맞았다.

"벌써 일어나셨어요?"

"평소랑 같은 시간이야."

"저 좀 씻을게요."

"그래. 얼른 씻고 밥 먹자."

강찬은 갈아입을 옷을 가지고 들어가 샤워를 했다.

뻐근한 통증이 은근히 기분 좋았다.

상처는 이제 흉터만 남았다.

씻고 나오자 강대경이 유혜숙을 도와 반찬을 꺼내고 있었다.

"좋아 보인다. 내일부터 아빠도 같이할까?"

"그래요. 당신도 운동 좀 해야 돼."

큰일 날 소리다.

운동에 방해되는 것도 그렇지만 강찬을 따라 하면 강대경은 분명 응급실에서 아침을 맞을 거다.

다행히 강대경도 굳이 아침에 나서겠다는 의도는 아닌 모양이었다.

아침 식사를 마치고 기분 좋게 현관을 나서 김미영과 만났다.
"호호호."
"아침부터 뭐 좋은 일 있어?"
"시험이잖아. 우리 이번 주 일요일에 놀러 가자."
김미영이 묘한 표정으로 강찬을 보았다.
"학원은?"
"시험 보는 주 일요일은 놀아도 되는 날이야."
몸매 되지, 눈 초롱초롱하지, 얼굴 또렷하지, 거기다 똑똑하기까지. 이 녀석이 어느 정도만 조숙했어도 키우는 맛이 있었을 텐데. 이거야, 좋은 감정이 생기려다가도 천진난만하게 웃는 모습과 엉뚱한 소리를 빽빽 해 대는 걸 보면 범죄처럼 느껴지니…….

강찬은 저도 모르게 김미영의 입술로 가 있던 시선을 얼른 버스로 옮겼다.

아이들은 적응력이 참 빠르다.

며칠 되지도 않았는데 강찬이 올라타도 예전처럼 경계하거나 두려워하지는 않았다.

김미영의 역할이 컸다.

날카롭게 • 253

조잘조잘 거리거나 '흐흐흐.' 하고 웃으며 강찬을 대하는 광경이 아이들의 경계심을 낮추는 데 크게 한몫한 느낌이었다. 식당에서도 그렇다.

정문에 들어서자 목에 깁스를 한 석강호가 있었다.

반가웠다.

정말 상쾌한 월요일 아침은 꼭 거기까지였다.

시험이다.

왜 답을 다 썼는데도 자리에 있어야 하는 건지.

이름을 써 넣은 강찬은 적당히 답을 체크하고 문득 김미영을 보았다. 고개를 모로 틀고 시험에 집중하는 모습이 제법 매력 있었다.

강찬은 얼른 고개를 흔들었다.

자꾸만 범죄의 유혹에 빠져드는 느낌, 마치 친여동생을 넘보는 오빠가 된 듯한 죄책감이 일시에 밀려들었다.

시험 세 과목을 보고 나자 수업이 끝났다.

이건 정말 좋다.

김미영을 먼저 보낸 강찬은 석강호를 따라 운동부실로 갔다.

"문자 안 왔소?"

"뭐? 나한테 문자 보냈냐?"

석강호가 커피를 타는 동안 강찬은 한쪽에 세워 두었던 의자 2개를 옮겨 왔다.

"얼래? 그럼 이 개새끼가 나한테만 보낸 거네?"
"뭔데?"
"그 공 여섯 개 말이오. 넌 죽는다."
무슨 소린가 했다.
"그게 또 왔든?"
"오늘 아침에 떡하니 왔습디다. 이게 왜 나만 편애하지?"
"어떤 새끼지?"
"신경 쓰지 맙시다. 정 뭐하면 번호를 바꿔 버리지요. 그럼 놈이 얼래? 하고 놀라지 않겠수? 푸흐흐흐."
저게 정말 재미있어서 웃는 건가?
"아! 그리고 나 방학 때 삼 박 사 일로 수련회 가우."
"그건 또 뭐냐?"
"이 학년들이 수학여행을 못 가는 바람에 수련회로 대체하기로 했었소."
"재밌겠다?"
"재미요? 남들 다 쉬는 방학에 애들 뒤치다꺼리하는 게 뭐가 재밌겠소? 혹시 요거 목 부상을 핑계 대면 빼 줄라나?"

둘이서 돈가스로 점심을 때울 때였다.
문자가 와서 확인해 보니 미쉘이었다.
{하니, 토요일에 시간 돼?}
강찬은 통화 버튼을 눌렀다.

날카롭게 • 255

[하니!]

"다른 사람 찾는 거면 끊고."

전화기 너머에서 미셸 특유의 경쾌한 웃음소리가 들렸다.

[세실하고 신디랑 셋이 밥 먹기로 했는데 이왕이면 하니도 같이 나왔으면 싶어서. 토요일이나 일요일, 이틀 중 언제가 좋아?]

어차피 한 번은 다시 모이기로 했던 참이다.

거기다 일요일은 김미영이 먼저 침 발라 놓았으니까.

"토요일이 좋겠는데?"

[그래, 그럼 토요일로 정할게. 그날 봐, 하니.]

"그래."

⚜ ⚜ ⚜

강찬은 육체를 시험하는 기분이었다.

수요일부터는 달리는 속도를 조금 더 높였고, 특히 턱걸이 횟수를 배 이상 늘였다.

'쯧! 이것도 의사 선생하고 상의를 해 봐야 하나?'

몸이 좀 수상했다.

운동을 심하게 하면 나타나는 근육통이 한두 시간 지나면 멀쩡해지는 것이 영 마음에 걸렸다.

돈도 넉넉하고 검사를 받아 볼 생각이었다.

수요일 시험이 끝나고 강찬은 은행에 가서 현금 카드를 발급받았다.

그때 놀라운 사실을 알았는데, 강찬의 생일이 3월 13일이어서 면허 시험 대상자가 된다는 것이었다.

은행을 나오고 30분쯤 지나 지점장이 자리에 없어서 죄송하다는 전화를 했는데, 뭐 중요한 건 아니어서 적당히 끊었다.

강찬은 그 길로 석강호와 함께 면허 시험을 신청하고 교외로 빠져나왔다.

"장어 먹읍시다."

한 시간 정도 걸려 둘이 김포의 한적한 장어구이 전문점을 찾았다.

"아, 거! 개새끼."

석강호가 전화기를 들여다보며 짜증을 버럭 냈다.

"공육이냐?"

"그게 뭐요?"

"발신자가 공이 여섯 개짜리."

"아!"

석강호가 고개를 끄덕였다.

"그런데 이 새끼가 왜 이러는 거지? 이거 전화국에 가서 알아보면 잡을 수 있나?"

투덜거리는 동안 장어가 나와서 화제가 바뀌었다.

운전면허 시험을 접수하며 산 책자와 요령 등에 관해 이야기를 나눴고, 다시 학교 이야기가 이어졌다.

"이번에도 미영이가 일 등 하겠지?"

"그럴 거요. 이 등하고 차이도 워낙 많이 나는 데다가 오늘 시험 본 거까지 다 합쳐서 딱 한 문제 틀렸답디다."

잘 익은 장어 두 점을 입에 넣으며 석강호가 한 말이었다.

'쯧!'

가게 유리창으로 보이는 시원한 풍경 속에 김미영의 얼굴이 떠올랐다.

'뭐 뽀뽀 정도야.'

죽는 일도 아니고, 시험 잘 봤다고 해 주는…….

"뭔 생각을 그렇게 하쇼?"

이런 건 굳이 말할 필요 없는 일이다.

⚜   ⚜   ⚜

시험이 끝났고 금요일에 운동부를 다시 열어서 반가운 얼굴들을 보았다. 차소연도 그렇고, 모두 밝은 표정이었는데 특히 문기진은 다시 친구가 생겼다는 말을 하며 만족한 얼굴이었다.

오랜만에 모인 첫날이라 운동을 하기보다는 다 함께 이야기를 나누며 시간을 보냈다.

아이들이 돌아간 다음이다.

"운동 기구 몇 개 사 놓으면 어떨까?"

"여기 말이오?"

석강호가 운동부 내부를 쭉 둘러보았다.

"방학 때는 어디 헬스클럽을 하나 끊지 그러쇼?"

"그게 사람들이 많아서 영 신경 쓰이겠더라구. 그냥 집에서 달려오기도 적당한 거리고, 너 만나기도 편하고."

"그건 그렇수. 그 김에 나도 운동도 좀 하고."

"사자."

"그럽시다."

운동 기구는 강찬이 골라서 주문하기로 했다.

얼추 집에 갈 시간이었다.

"저녁 먹고 가요. 내가 낙지볶음 집 죽여주는데 찾았으니까."

"너 요즘 왜 그렇게 먹는 걸 밝혀?"

"그랬나?"

석강호가 고개를 갸웃하더니 '푸흐흐.' 하고 웃었다.

"병원에서 나오고부터 이상하게 대장하고 좋은 것도 먹으러 가고 싶고, 구경할 곳이 있으면 함께 가고 싶기도 하고 그렇수."

"방학 때 같이 운동하자. 그때쯤이면 깁스도 풀 거 아니냐?"

"그래야죠. 그러고 보니까 스미든 새끼가 조용하네?"
"내버려 둬라. 그게 지금 제정신이겠냐?"
"푸흐흐. 갑시다. 토요일이랑 일요일 다 바쁘담서요? 가서 매운 낙지에 밥 비벼 먹고 들어갑시다."

석강호는 조금이나마 목이 돌아가는지 움직임이 한결 편해 보였다.

⚜   ⚜   ⚜

토요일 오전은 유혜숙과 함께 TV를 보며 시간을 보내다가 강대경이 들어온 다음에야 집을 나섰다.

라츠호텔에 도착한 시간이 오후 5시였는데 미쉘 일행이 모두 도착해 있었다.

"하니!"

미쉘이 커다랗게 손을 흔들자 강찬을 시기하는 시선이 단박에 달려들었다.

와락.

안는 게 아니라 아예 달려든 게 맞다.

지난 토요일에 있었던 야외 테라스다.

미쉘은 강찬에게 매달리듯 안긴 다음, 그의 양볼에 요란스럽게 뽀뽀를 했다.

"어서 와, 차니."

세실과 신디는 허그와 가벼운 볼맞춤을 했는데 예의 속옷을 입지 않고 있었다.

우선 간단하게 맥주 한 병씩을 시켰다.

신디가 특집 프로그램 하나를 끝내는 동안 힘들었던 이야기를 들으며 시간을 보냈다.

"그런데 차니."

"왜?"

서비스로 나온 땅콩 과자를 집으며 신디가 강찬을 불렀다.

"알리스가 그러는데 스미든과 차니가 아프리카에서 만난 거라던데 그게 무슨 소리야?"

강찬은 가슴이 무겁게 내려앉았다.

그 개새끼가 결국 주둥이를 나불거리고 있는 거다.

"차니가 스미든을 대하는 게 이상해서 왜 그러냐고 물어봤더니 아프리카에서 있었던 일인데 말해봐야 믿지 못할 거라고 했다던데? 알리스가 나보고 아는 거 있냐고 묻는데 우리야 그런 말을 한 적이 없잖아."

"글쎄."

신디의 표정으로 봐서 떠보는 것은 아닌 듯싶었다.

이번 주 지나서 확실하게 경고를 할 필요가 있었다.

테라스에서 아예 간단한 스테이크를 주문한 다음, 와인 한 병과 곁들어 먹었다.

라츠호텔의 지하 클럽에 들르자는 말에 그러기로 했는데 미쉘이 정말 만족한 표정을 지었다.

와인 한 병을 더 주문해서 반쯤 마셨을 때, 어둠이 살짝 내려앉았다. 테이블마다 앙증맞은 기름 초를 밝혀 주자 분위기가 한결 로맨틱해졌다.

두 칸 건너서 커다란 목소리로 떠드는 50대 남자만 없다면 프랑스의 한곳에서 미녀와 함께하는 저녁 식사라 해도 손색이 없었다.

석강호가 젊은 몸뚱이고 결혼을 하지 않았다면 다섯이서 정말 재미있었을 텐데.

강찬이 풀썩 웃고 말았다.

석강호의 말처럼 놈이 갑자기 보고 싶어서였다.

"하니."

미쉘이 부르는 바람에 강찬이 무심코 시선을 돌렸을 때였다.

그녀가 와인 잔을 들고 건배를 제안했다.

"아름다운 밤을 위하여."

"넷이서?"

강찬이 농담과 함께 잔을 들자 신디가 커다랗게 웃었다.

솔직히 강찬은 클럽이 그렇게 재미있지 않았다.

3명의 프랑스 여자를 보며 침 흘리는 멍청이들의 시선도 불편했고, 딱히 춤추는 여자들의 몸매를 감상할 것도 아니어서 10시 반쯤 자리를 빠져나왔다.

미쉘이 끈적이며 붙들지 않아서 훨씬 마음 편했다.

어울리지 않는 옷을 입고 하는 광대 짓.

클럽을 나설 때의 느낌은 그랬다.

석강호와 김미영, 그리고 강대경과 유혜경이 그리웠다.

집에 들어가 처음으로 튀긴 닭을 배달시켜 먹으며 셋이서 영화 한 편을 봤다. 클럽보다 백배쯤 즐거웠다. 맥주 한 잔 했으면 좋겠는데 강대경도 콜라를 마셨다.

착실한 고등어가 다 됐구나 싶어서 웃음도 풀썩 났다.

⚜ ⚜ ⚜

오전 10시 약속에 맞춰 아파트 현관을 빠져나왔다.

김미영이 문자로 알려 준 버스 정류장이었다.

"찬아!"

들뜬 눈으로 강찬을 향해 손을 흔드는 김미영을 보자 절로 웃음이 나왔다.

확실히 미쉘보다 마음이 편했다.

"어디 갈래?"

"용인 놀이공원!"

딱 김미영다운 제안이었다.

왕복 버스가 있다는 종합운동장을 향해 전철을 탔다.

조잘조잘.

어제 본 프로그램 중 어떤 장면이 정말 웃겼다는 둥, 이번 시험에서 두 문제 틀려서 아깝다는 둥, 이야기가 끝이 없었다.

그렇구나!

아직 성적이 나오지 않은 거다.

공연히 핑계를 찾느라 시간만 허비했다.

관광버스에 오르자 김미영이 어깨에 멨던 가방에서 이어폰을 꺼내 강찬의 귀에 한쪽을 꽂아 주었다.

빠른 비트의 음악이었다.

고속도로, 신 나는 음악, 그리고 밝은 김미영의 표정까지, 그럭저럭 나쁘지 않은 길이었다.

띠리링.

그런데 음악 사이에서 벨소리가 또렷하게 들렸다.

김미영이 전화기를 들여다보다가 짜증난 얼굴로 강찬을 보았다.

"뭔데?"

전화기를 들여다본 순간, 강찬은 마음이 서늘하게 내려앉았다.

{너는 죽는다.}

발신자는 역시 '000000'이었다.

"누가 장난쳤나 본데?"

이런 건 아무렇지도 않은 척 넘어가는 게 좋다. 눈빛이 번들거리지 않도록 강찬은 조용히 숨을 가다듬었다.
"기분 나쁘게 매일 한 번씩 이래."
"언제부터?"
"지난 주였나 봐. 엄마한테도 보여 줬었어."
도대체 어떤 새끼지?
김미영에게도 이런 줄은 몰랐다.
강찬이 대수롭지 않게 대하자 김미영도 곧 잊어버렸다.

놀이공원은 사람들로 가득했다.
점심으로 오므라이스를 먹고, 놀이 기구 3개를 타고 나니 세 시간이 훌쩍 넘어 버렸다. 도대체 왜 돈을 쳐 내고 비명을 꽥꽥 질러 가며 높은 곳에서 떨어져야 하는 건지.
동물원을 돈 다음, 물개와 원숭이 쇼를 보고 나자 어둠이 내려앉았고, 놀이 기구마다 화려한 조명이 달렸다.
저녁은 김밥과 우동을 먹었다.
이제 갈 시간이다.
"나 저거 타고 싶어."
그런데 김미영이 손가락으로 서 있다시피 하는 놀이 기구를 가리켰다. 조그만 원통이 둥근 원으로 돌아서 다시 내려오는 형태였다.
"그러자."

사람도 별로 없었다.

표를 끊고 안에 앉았을 때 강찬은 그만 웃음이 터지고 말았다. 무릎이 닿을 정도로 좁은 원통에 마주앉자 김미영이 어색하게 시선을 떨어트렸기 때문이다.

시험이 끝난 순간부터 지금까지 이 순간을 기대하고 또 기대했을 아이다.

아직 성적도 나오지 않았는데 말이다.

기구가 천천히 돌자 놀이공원의 모습이 조금씩 눈앞에 펼쳐졌다.

"우리, 뽀뽀하면 안 돼?"

강찬이 말이 없자 힐끔 시선을 들었던 김미영이 얼른 고개를 숙였다.

강찬은 문득 협박 문자가 떠올랐다.

약속이고 지랄이고 그딴 정신병자를 근처에 두고 김미영과 무언갈 만드는 건 정말 무책임한 짓이다.

"손 줘 봐."

김미영이 조심스럽게 내민 손을 강찬이 잡았다.

"우리 고등학교 졸업하고 네 생일날 다 하자. 그때도 마음이 변하지 않으면."

"안 변해! 난 안 변할 거야!"

서운하고, 억울한 눈빛이었다.

며칠을 두고 설레었을 순간을 강찬이 밀어낸 거다.

"이리 와."

강찬은 김미영을 당겨 무릎에 앉힌 다음 꼭 안았다.

뭉클하고 가슴이 느껴지는 순간에 김미영의 몸이 파르르 떨었다.

"믿을게. 그러니까 그때 완전히 내 거 하자. 후회하지 말고. 내가 준비한 반지 나눠 끼고."

김미영이 강찬의 목을 꼭 안았다.

가지고 싶었다.

분위기 탓일까? 아니면 정말 좋아진 건가?

"기다려 줄 수 있지?"

"응!"

어쩌면 단순하게 한 뽀뽀보다 진한 표현일지 모르지만, 마음은 한결 편했다.

문자 보낸 놈을 꼭 찾아내야 했다.

⚜   ⚜   ⚜

월요일 오전에 석강호가 운동부에 들어오자마자 바로 김미영에게도 같은 문자가 왔더라고 말을 전했다.

"찝찝하긴 하우."

"잃어버린 전화기를 주운 놈이 있거나, 아니면 샤흐란의 배후에 있던 놈들이겠지."

"시기가 같아서 문제요. 샤흐란의 배후가 있다면 공연히 소문나서 입장만 난처해지는 거 아뇨?"

"쯧! 지금 그게 걱정이냐? 그러지 말고 우선 너부터 조심 좀 해라."

"뭔 소리요?"

석강호가 인상을 찌푸리며 불만을 토해 냈다.

"목도 제대로 못 쓰잖아. 괜히 나 미쳐서 칼 든 살인마 만들지 말고."

"수련회 가기 전에 깁스 풀 거요."

"수련회를 간다구? 그냥 목 핑계 대고 빠져."

"이미 결정 나서 지금은 못 바꿔요."

저걸 죽지 않을 정도로 목을 비틀어 버려?

강찬이 심오한 표정으로 노려보자 석강호가 고갤 저으며 자리에서 일어났다.

"그러지 말고 우리 운동 기구나 사러 갔다 옵시다. 동대문 쪽이 싸다니까 구경도 하고 아예 점심 먹고. 그러지 말고 가자니까요! 운동부 비품을 사기 위한 공식 업무요."

말린다고 들을 석강호도 아니어서 강찬은 그의 말대로 동대문으로 향했다.

"내일 전화국에 한번 알아봐. 나는 다른 사람 중에 그런 문자 받은 적이 있는지 알아볼 테니까."

"오! 그거 괜찮소."

"저녁에 스미든 한번 만나 보자. 왜 샤흐란의 뒤에 뭐가 있다고 생각했는지 자세하게 들어 보고, 입조심도 좀 하라고 할 겸해서."

"그럽시다."

거기까지 의논을 마친 뒤에 둘이 운동 기구를 보러 다녔다. 가능한 한 필요한 근육을 위한 기구를 골랐다. 무식하게 팔뚝 굵게 해 봐야 속도만 떨어진다.

점심은 냉메밀을 먹었다.

"어! 살 것 같다."

"수련회는 어디로 가냐?"

"지리산이랍디다."

"이 더위에?"

"그러게나 말이오. 가능한 장소를 두고 애들이 투표해서 결정한 거라는데, 아무래도 바닷가는 비용이 많이 나와서 선택하기 힘들었을 거요."

시원하게 냉메밀을 먹고 조금은 개운한 기분으로 학교로 향했다. 강찬은 생각난 김에 전화를 꺼냈다.

[하이, 차니!]

"스미든, 너 지금 어디냐?"

[알리스랑 쇼핑 나왔지요.]

"저녁에 뭐해?"

[특별한 약속은 없소.]

"그럼 잠깐 보자."

[오케이, 차니. 그럼 저녁에 내 집 어때요?]

"그래. 그럼 문자로 주소 좀 찍어 놔."

[예쓰, 차니.]

전화를 끊고 잠시 있자 스미든의 주소가 문자로 떴다.

"이번 주 운전면허 필기시험 아니오?"

"맞아."

석강호가 제대로 돌아가지도 않는 목을 비틀며 야릇하게 웃었다.

"아무렴 내가 그거 떨어질까 봐?"

"혹시 아우? 한 칸씩 밀려 쓰는 사람도 많답디다."

학교에 돌아왔을 때는 점심시간이 끝나 있었다.

운동부에서 혼자 커피 한잔 마시고 전화 검색을 통해 경호업체 몇 곳과 통화를 하다 보니 수업이 끝났다.

"집에 가서 옷 갈아입고 올게."

"내일은 여벌로 여기 하나 갔다 놓으슈. 어디 갈 때마다 번거롭기도 하고."

그것도 그렇다.

운동부 아이들과 30분가량 시간을 보내며 내일 기구가 도착할 거라고 알려 주고, 앞으로 편한 때 운동해도 좋다는 말을 전하는 것을 끝으로 운동부를 나왔다.

"찬아."

"어? 집에 안 갔어?"

"얼굴 보고 가려고."

김미영은 스탠드에 앉아 있었다.

어제의 느낌이 있어서 그런지, 자꾸만 가슴이 눈에 들어왔다.

"오늘은 문자 안 왔니?"

"뭐? 아, 그 이상한 변태 문자."

답을 들을 것도 없이 김미영의 얼굴에 짧게 짜증이 스치고 지나갔다. 이 정도면 장난이든 아니든, 무조건 범인을 잡아야 한다.

집에서 샤워를 마치고 옷을 갈아입은 강찬은 유혜숙에게 농담처럼 말을 건넸다.

"요즘 죽는다, 라는 장난 문자가 유행이래요."

"그래? 어쩐지! 아들도 그런 문자가 왔어?"

강찬은 불쑥 화가 치밀었지만 억지로 편안한 표정을 지었다.

"예. 혹시 해서 말씀드린 건데 신경 쓰지 마세요."

"그게 뭐 하는 짓인지 모르겠어. 정말 기분 나쁘더라."

몇 마디 더 다독인 다음에 강찬은 집을 나섰다.

석강호가 아파트 앞에서 기다리고 있었다.

"어우, 눈빛이 또 왜 그래요?"

"어머니도 그런 문자를 받았단다."

"아, 거참. 병신 같은 새끼들, 또 여럿 죽게 생겼네."

강찬은 작게 숨을 내쉬었다.

이 정도 되면 기분 나쁜 것을 넘어서는 수준이다.

미쉘과 헛된 시간을 보내는 동안, 보이지 않는 적이 성큼 다가 와 있는 느낌이었다.

퇴근 시간이 겹쳐서 7시쯤에 스미든 집에 도착했다.

제법 크고 고급스러운 빌라였다.

안으로 들어섰을 때 스미든은 거실 소파에서 몸을 일으키고 있었다.

"어서 오세요!"

어설픈 한국어로 두 사람을 맞은 스미든이 소파를 가리켰다. 얼굴에 감은 붕대로 거즈로 교체해서 이젠 제법 사람 모습이 보였다.

앨리스가 샌드위치와 커피를 내주어서 한강을 바라보며 함께 먹었다.

"담배?"

이것도 어설픈 한국말이다.

강찬과 석강호는 뒤뚱거리는 스미든을 따라 거실 밖에 놓인 탁자에 앉았다. 강과 그 옆의 도로가 한눈에 내려다보여서 전망이 괜찮았다.

"자주 오세요."

스미든은 여유도 넘쳐났다.

"스미든, 샤흐란의 뒤가 있을지 모른다는 거 말이다."

그러나 강찬의 말에 그의 얼굴이 바로 굳었다.

"왜 그런 생각을 했는지 자세하게 말해 봐."

"무슨 일이 있었소? 왜 그런데요?"

빠른 프랑스어였다.

"아무래도 뭔가 수상해서 그래. 그러니까 설명부터 먼저 해 봐."

"그냥 느낌이었다니까요. 어딘지 누군가의 지시를 받는 것도 같고. 그게 전부예요."

진실과 거짓이 절묘하게 섞인 답이어서, 강찬 역시 표정을 굳히고 스미든을 보았다.

"다예루가 협박 문자를 받고 있어. 내일부터 따로 알아보겠지만, 나중에 무언가 나오거나, 다예루가 손가락 끝만큼이라도 다치게 되면 그땐 내가 무슨 짓을 할지 모른다."

석강호는 못 알아듣는다.

"한 가지 더. 알리스에게 아프리카 이야길 한 모양이더라."

"그건 차니……."

"네가 뭐라고 떠들든 그건 상관있다. 이차피 믿을 사람도 없을 테니까. 그렇지만 스미든, 그 주둥이가 언제고 사고를 칠 수 있다는 것만은 잊지 마라."

강찬이 담배를 하나 꺼내 물었다.

"후우. 네가 나와 끝까지 함께 지낼 거란 생각 안 해. 몇 년쯤 지나면 어딘가로 갈 계획일 거고. 말리지도, 말릴 생각도 없다."

강찬의 눈빛이 매섭게 빛나자 스미든은 변명도 못하고 불안한 눈빛이었다.

"하지만 이제부터라도 말은 조심해. 누군가 지켜보고 있어. 적어도 이 년이 지나기 전에는 네 말 한 마디 때문에 여럿이 죽을 수 있다는 것 명심하고."

강찬은 담배를 끈 후에, 의자 등받이에 몸을 기댔다.

하고 싶은 말은 다 했다.

고문할 것이 아니라면 이 정도 경고가 가장 적당했다.

잠시 침묵이 흐르고 나서 강찬이 막 일어서려는 순간이었다.

"차니, 샤흐란은 누군가에게서 지시를 받았어요."

스미든이 강과 거실을 두리번거리며 입을 열었다.

"내가 없는 줄 알았던 모양인데 나중에 내가 누구였냐고 물으니까 지금 차니와 똑같은 소릴 했어요. 이 얘길 지껄이면 반드시 죽는다고. 그 뒤로 두 번쯤 더 그런 통화를 봤는데 일부러 아는 척 않았지요."

'빌어먹을!'

정말 뭔가 있었다.

그런데 샤흐토 브니므만 해도 대가리나 팔다리를 잘라 침대에 넣으면 넣었지, 그따위 문자를 하지는 않는다.

그렇다면 샤흐란의 배후와 또 하나의 적이 동시에 강찬의 주변을 노리고 있다는 뜻이다.

강찬은 스미든이 했던 말을 석강호에게 전해 주며 직전의 생각도 들려주었다.

"샤흐토 브니므와는 마지막에 좋게 끝났다고 하지 않았수?"

"그러니까. 문자는 한국에서 한 게 맞는 거 같은데 샤흐란의 뒤에 누군가 숨어 있다는 걸 제대로 알게 된 거지."

"어후, 거 더럽게 복잡하네. 프랑스 일은 그 대사에게 물어보면 어떻수?"

강찬은 고개를 저었다.

"좋은 방법이 아냐. 우리가 뭔가 알고 있다고 알려 주는 꼴밖에 더 되겠냐? 차라리 문자 보낸 놈을 빨리 잡고 조용히 넘어가는 게 낫다. 어차피 프랑스 대선만 끝나면 이 일도 완전히 묻히는 거잖아."

"듣고 보니 그렇소."

"오늘은 일단 가자."

강찬은 자리에서 일어났다.

"스미든, 당분간 밖에 다닐 때 조심해. 그리고 정말 입조심하고. 급한 일이 있으면 바로 전화해라."

"알았어요."

전에는 무식하고 힘 좋은 놈이었는데 지금은 겁 많고 눈치만 남은 놈처럼 보였다.

"간다."

"차니."

스미든이 거실 안을 슬쩍 살피며 강찬을 불렀다.

"알리스를 내보낼까요?"

"그건 너 알아서 하고."

스미든이 고개를 끄덕이는 것을 보며 강찬은 거실로 들어왔다.

"알리스. 갈게."

"또 와요."

정말 생긴 건 별로인데 가슴은 대단했다.

하기야 스미든이라면 새로운 이성이 그리울 시기이기도 했다.

아파트까지 태워다 준 석강호와 헤어지고 방에서 전화기를 멍하니 바라보았다.

지금 입력된 번호라고는 정말 몇 명 되지 않는다.

차라리 주차장파 놈들이 뒤에서 꼼수를 피우는 거라면 마음 편할 일이다.

미셸 일행도 이런 문자를 받았을까?

전화를 해 볼까 하다가 고개를 저었다.

지금은 한두 명이 더 받고, 덜 받은 것이 중요한 게 아니다.

일단 잡자.

만약 시간이 길어진다면 프랑스 대사 라노크와 의논할 생각이었다.

강찬이 위험해지는 것은 얼마든지 견딜 수 있지만, 석강호나 강대경, 유혜숙에게 문제가 생기는 것은 절대로 막아야 할 일이다.

매복한 적과 대치한 느낌.

언제 어디서 총알이 날아들지 모르는 언덕을 수색할 때처럼 쩜쩜한 긴장감이 강찬의 주변을 맴돌았다.

'너무 풀어졌었나?'

샤흐란의 일이 끝나고 지금의 모습에 안주하겠다는 생각에 날카로움을 잃어버린 벌이란 생각도 들었다.

⚜   ⚜   ⚜

다음 날 운동부에서 잠깐 얼굴을 본 석강호는 바로 경찰서로 향했다. 발신자를 일기 위해서는 협박 내용에 대한 고

발장을 먼저 접수해서 경찰의 지휘가 있어야 가능하다는 설명이 있었다.

오전에 2.5톤 한 대분의 운동 기구가 실려 와서 대강 배치를 맞췄고, 서비스로 딸려온 선풍기 5대도 적당한 곳에 놓았다.

강찬은 아무도 모르게 경호 업체에 전화를 걸었다.

[어제 말씀하신 대로 가능합니다. 대신 선수금 오천에 월별 오천입니다.]

"바로 입금하죠. 가능한 한 빨리 부탁드리고, 비밀리에 한다는 것 잊지 마세요."

[입금 확인하는 대로 조처하고 찾아뵙겠습니다.]

전화를 끊은 강찬은 바로 은행으로 달려가 입금을 하고 아예 텔레뱅킹과 인터넷 뱅킹을 별도로 신청했다.

대통령 경호실 출신이 대표라더니 은행을 나오기도 전에 확인 전화가 왔고, 부탁한 경호를 시작하겠다는 답도 있었다.

유혜경, 강대경, 김미영, 조금 미안하지만 석강호까지.

우선 좀 안심이 되었다.

석강호는 11시가 조금 넘어서 들어왔다.

"사이버 수사댄가 하는 곳에서 바로 해 줍디다. 문자 전문 발송 서비스를 이용했고, 신청은 해외에서 했답디다. 당장 오늘부터 그런 문자 안 받게 처리했다고 하고."

"해외?"

"그게 스팸 메일은 중국이나 태국, 필리핀 주소나 신청으로 처리해서 실제로 내국인도 그리한다네요."

"쯧!"

"야! 이게 설치해 놓으니까 자리를 엄청 차지하네."

석강호가 기구의 레버를 한번 당겨 보고는 강찬에게 시선을 돌렸다.

"잊어버려요. 손목 그은 깡패 새끼들이 한둘이요? 보나마나 찌질한 놈들일 거요."

정말 그런가?

이렇게 조용하게 끝나는 건가?

목에 깁스를 한 석강호가 기구를 들려다가 인상을 버럭 썼다.

실없는 웃음이 터져서 둘이 킬킬거리며 웃을 때, 점심시간을 알리는 종이 울렸다.

"점심 어디서 먹을 거요?"

"학생 식당에 가 봐야지. 애들도 챙길 겸."

"그럽시다. 그럼 난 학생부 선생들이랑 같이 먹겠소. 이거, 아무래도 자물쇠도 하나 사다가 걸어야겠는걸?"

석강호를 따라 강찬이 일어섰을 때였다.

우우웅.

석강호의 전화가 짧게 울었다.

제9장

끝까지 교훈을 주는구나

문자를 확인한 석강호가 대번에 인상을 찌푸렸다.

"이 새끼들도 참 대단하네."

그러고는 강찬에게 전화기를 건네주었다.

{어차피 넌 죽는다.}

도대체 누구지?

있는 곳만 안다면, 심지어 그곳이 아프리카라도 달려가서 때려잡을 것만 같았다.

"갑시다. 가서 밥 먹고 기운 내서 이놈 잡읍시다."

"그러자."

아무래도 주차장과와 관련된 놈이지 싶었다.

샤흐란의 배후라면 누구보다 먼저 문자를 보냈어야 할 스미든을 빼놓을 리 없어서였다.

그렇다면 경호업체에서 지켜 주는 동안 놈들을 찾아내 마무리를 제대로 해 주면 되는 일이다.

"수업 끝나고 뭐 할 거요?"

"만날 사람이 있어서 오늘은 일찍 가야 돼."

"잘됐소. 나도 수련회 때문에 회의가 있수. 내일은 맛있는 거 먹으러 갑시다."

"알았다."

다예루는 점점 석강호가 되어 가는 듯 보였다.

선생으로, 연장자로 대접해야 하는 건가?

강찬은 고개를 절레절레 저었다.

이런 건 시간이 지나면 해결된다.

식당에 도착했을 때 아이들은 들뜬 모습이었다.

방학에, 수련회까지 겹친 2학년들이 특히 그랬다.

김미영이 행복한 얼굴로 차소연과 이야기를 나누는 옆에서 강찬은 식사를 마쳤다.

⚜　　⚜　　⚜

수업이 끝난 강찬은 김미영과 함께 집에 도착해서 옷만 갈아입고 근처의 커피 전문점으로 나갔다.

"대표 김태진입니다. 강찬 씨가 고등학생인 줄은 몰랐

네요."

명함을 건넨 김태진은 실제로도 놀랐다는 기색을 감추지 않았는데 날카로운 눈빛이 마음에 들었다.

"문자 말고 다른 정황이 있나요?"

"아직은 그 정도밖에 없어요."

"위협 문자만으로 이 정도 비용을 내기는 어렵지요. 경호 대상의 안전을 위해서라도 짐작 가는 점이 있으면 말해 주는 것이 좋습니다."

"깡패 조직인가 싶기도 한데 그것도 분명치 않구요."

"대한민국에 있는 거의 모든 조폭과 연결됩니다. 이름만 안다면 우리 쪽에서 먼저 움직일 수도 있을 겁니다. 최고의 경호란 위험 요소를 먼저 제거하는 것이죠."

"일단 경호만 해 주세요. 그걸로 됐습니다."

강찬의 대답이 끝나기 무섭게 서상현 이사가 불쑥 끼어들었다.

"강찬 학생이 뭘 몰라서 그런 모양인데, 조폭들도 우리 대표님을 함부로 대하지 못해요. 그리고 위험을 사전에 제거할 수 있는데 뭐하러 헛수고를 합니까?"

강찬이 서상현을 날카롭게 보았다.

고등학생이란 이유로, 그리고 깡패 좀 안다고 함부로 주둥이를 나불거리는 사람이 과연 경호를 제대로 할까?

서상현도 지지 않겠다는 듯 눈을 부리릴 때였다.

"서 이사."

그러나 그는 김태진이 짧게 고개를 흔들자 입을 다물었다.

"도와주시려면 문자 보낸 놈이 누군지나 알아봐 주세요. 그리고 석강호 선생이 다음 주에 지리산으로 삼 박 사 일 수련회를 떠납니다. 그때도 눈치채지 않도록 부탁합니다."

강찬은 계약서에 서명하고 입금증을 받았다.

이걸로 계약 절차가 끝났다.

"되신 거죠? 그럼 전 이만 들어가 볼게요."

"최선을 다하겠소."

강찬은 두 사람과 악수를 나누고 곧바로 커피 전문점을 나섰다.

"어린 애가 돈 좀 있다고 건방지네요."

서상현이 김태진의 눈치를 살피며 건넨 말이었다. 원래대로라면 '싸가지가 없다.'라고 할 참이었는데 김태진의 눈치를 살펴서 조심한 거였다.

"강유모터스 아들이라고 했었지?"

"예."

"너 경호실 팔 년 근무했었나?"

"정확하게 팔 년 삼 개월입니다."

김태진이 서상현을 아쉽다는 투로 보았다.

"그런데도 저 학생 눈빛을 보고 느껴지는 게 없든?"

"예?"

김태진은 강찬이 나간 출입구 쪽을 노려보았다.

"살면서 저런 눈을 또 볼 줄은 몰랐는데. 내가 요즘 너무 예민해진 건가?"

"어떤데 그러세요?"

"모가지 귀신을 본 줄 알았다."

"예에?"

큰 소리를 냈던 서상현이 얼른 주위를 살폈다.

"강유모터스 대표는 확인했다고 했지?"

"예, 지금도 애들이 붙어 있는데 특이사항은 없는데요?"

"분명 사람을 죽여 본 눈빛인데. 그것도 아주 많이."

"그 정돈가요? 전 잘 모르겠던데?"

김태진이 고개를 끄덕였다.

"죽일 수 있다고 생각하는 눈빛은 금방 표시가 나지. 그런데 아무 때고 목을 비틀 수 있는 사람이 가진 눈빛은 알아보기가 힘들어. 그러니 둘이 붙으면 잴 것도 없이 승부가 나는 거다. 내가 보기에 너랑 저 학생이랑 붙으면 무조건 네가 죽는다."

"에이, 너무 과민하신 거 아닙니까?"

김태진이 쓰게 웃었다.

"모가지 귀신하고 붙었을 때 내가 그랬었다. 그런데 가슴을 찔리고 알겠더라. 경험이 얼마나 중요한지를. 넌 아직 모르는 거다."

김태진이 진심인 것을 안 서상현이 더는 입을 열지 못했다.

아직도 비무장 지대에서 김태진만큼 적을 많이 죽이고 돌아온 아군은 없다. 시국이 변하는 터라, 앞으로 이런 인물이 나오기도 힘들다.

"집중해. 이 사건 아무래도 냄새가 나. 애들 두 명씩 더 배치하고."

"그 정돕니까?"

김태진이 날카로운 시선을 돌리자 서상현이 얼른 '알겠습니다.' 하고 답을 했다.

"저런 놈이 눈 돌아가면 너는 말할 것도 없고, 경호 업무에 실패한 놈들은 죄 모가지를 잃을 수도 있어."

요즘 세상에 그럴 수가 있을까?

그런데 서상현의 생각을 읽었는지 김태진이 고개를 저었다.

"뒤를 계산한다고 생각하지 마라. 아마 죽여 놓고 혀를 차면 찼지, 그딴 거 고민하지 않을 거다."

"정말 그렇게 생각하세요?"

김태진이 입술을 오므리며 계약서를 내려다보았다.

"만약 저 학생에게서 누굴 경호하라는 거였으면 난 절대 일 안 맡았다. 차라리 위약금 두 배로 물어 주는 게 나아."

"당장 애들부터 늘리겠습니다."

"저 학생 주변 싹 훑어봐. 필요하면 내가 정보원하고 경찰청에 따로 전화해 놓으마."

서상현은 의심을 버렸다.

그가 아는 김태진은 이런 일에 절대로 허튼소리를 할 사람은 아니었다.

⚜ ⚜ ⚜

강찬이 집에 돌아와 인터넷을 검색하고 있을 때였다.

전화가 울려서 확인해 보니 오광택이었다.

그렇지 않아도 주차장파 때문에 찜찜하던 참이다.

"여보세요?"

[강찬, 별일 없지?]

"왜? 무슨 일이야?"

단박에 알 정도로 오광택의 음성은 좋지 않았다.

[남산호텔 도석이 알지? 걔가 당했다. 지금 병원에 있는데 상태가 안 좋아. 그러니 당분간 몸조심 좀 해라.]

결국, 주차장파였나?

서도석에겐 미안했지만 묘하게 안심도 됐다.

[우리 일이 원래 이렇긴 한데 이번은 아무래도 이상해. 애를 아주 못 쓰게 만들어 놓은 것도 그렇고, 강도를 당했

나 싶기도 하고.]

"도석이가 타깃이 될 이유가 있냐?"

[그래서 하는 말이다. 업장을 덮치면 덮쳤지, 영업 직원을 따로 칼질하는 경우는 별로 없으니까. 그리고 강도치곤 솜씨가 너무 깔끔해. 그러니까 일단 몸조심하고 있어 봐. 그리고 여차하면 애들 보낸다. 그건 태클 걸지 말고 모른 척해.]

말을 해야 하나? 하지 말까?

강찬은 잠시 고민 끝에 마음을 정했다.

"이쪽도 협박 문자가 왔었다."

[뭐? 그건 또 뭔 소리야?]

"석강호 선생 포함해서, 내 주변 몇 사람에게 죽는다, 라는 문자가 왔었어. 내가 호텔에서 잃어버린 전화기를 주운 놈이 있나 본데 도석이 얘기를 듣고 보니 대충 연결되는 것 같다."

어차피 시작한 이야기여서 강찬은 경찰서에 신고하기까지의 과정과 오늘도 문자가 왔었음을 모두 알려 주었다.

[주차장 새끼들이네. 이 씨발 놈들이! 알았다. 아무튼, 몸조심하고 있어라.]

"알았다."

군더더기 없이 전화를 끊었다.

솔직하게 적이 누군지 알게 된 것 같아서 마음이 한결 편안했다. 그리고 김태진 정도의 눈빛이라면 주차장과 따위에게 당하지는 않을 것이다.

'깡패 새끼들 뒤지러 다니기도 그렇고.'

강찬은 입맛을 다셨다.

막상 범인이 주차장파라고 생각하자 오광택의 도움 없이는 놈들을 찾아다니기 뭐했다.

'병신 새끼들.'

그러고 보니 정작 강찬에게는 문자가 없다.

서운한 건 아니지만, 이상하게 화는 났다.

⚜   ⚜   ⚜

새벽 운동에 달리는 속도가 점점 빨라져서 강찬도 내심 놀랄 정도였다.

"헉헉."

아파트로 돌아온 강찬은 거친 숨을 몰아쉬는 와중에도 헛웃음이 나왔다.

이 몸뚱이로 육상 선수를 했으면 올림픽에 나가지 않았을까? 아마도 회복 능력이 뛰어난 것과 연관이 있는 것 같은데 전에도 이랬다면 결국 2킬로미터의 한계를 넘어서지 못해서 능력을 알아차리지 못한 걸 거다.

아침을 먹고 학교에 간 강찬은 석강호와 함께 외출해서 필기시험과 장내, 장외 주행을 모두 통과했다.

"오!"

"그 표정은 뭐냐?"

합격증을 받아들고 나왔을 때 석강호는 장난기 가득한 얼굴이었다. 이젠 제법 목이 돌아갔는데 그래서인지 깁스의 위쪽 천이 시커멓게 변해 있었다.

"교육은 언제요?"

"내일 받으란다."

"그럼 내일 면허증이 나오는 거요? 푸흐흐."

석강호의 야릇한 웃음에 눈을 흘겨 주고 둘이 학교로 돌아왔다.

아직 수업이 한 시간쯤 남아서 새로운 기구로 운동을 했다. 사용하지 않던 근육들이 너무하는 거 아니냐며 반항을 해 댔으나 말을 들어줄 강찬은 아니었다.

모처럼 마음껏 운동하고 숙직실에서 씻고 나자 몸과 마음이 한결 날카로워진 느낌이었다.

석강호가 수련회 준비로 바빠서 김미영과 둘이 집에 왔고 유혜숙과 함께 저녁을 먹었다.

신경이 날카롭게 곤두섰으나 가능한 표시 내지 않으려 애썼다. 차라리 함께 무기를 닦고 있는 거라면, 제 목숨은 각자 알아서 챙길 수 있는 상황이라면 좋았겠지만, 전쟁터가 아닌 것에 감사했다. 유혜숙과 아프리카에 함께 있는 거라면? 밤마다 다음 날 맞을 적의 목을 자르러 돌아다녔을 게 분명했다.

강찬은 거실에 있을 때도 전화기를 항상 주머니에 넣고 있었다.

⚜ ⚜ ⚜

다음 날, 석강호와 둘이 가서 2시간짜리 안전 교육을 받았다. 면허를 딴 놈에게 헛짓거리 말고 운전 잘하란 소릴 하는 교육이라니.

어쨌든 교육을 마쳤다.

'뜨근뜨근하겠소.'라는 석강호의 농담을 들으며 함께 면허 시험장을 나왔다. 그런데 석강호는 학교로 들어가지 않고 근처의 공영 주차장으로 향했다.

"여긴 왜?"

"내려 보쇼."

담배라도 피우고 갈 참인가?

차에서 내리며 주변을 둘러보는데 석강호가 주머니에서 열쇠고리를 하나 건네주었다.

"선물이요."

작은 군용 단도가 달린 고리에 검은색 명함을 달아 놓은 모양이었다.

끝까지 교훈을 주는구나

"뭐야?"

"아, 거 좀! 한번 눌러 봐요."

강찬이 들여다보니 자물쇠가 열린 모양, 닫힌 모양, 그리고 트렁크가 열려 있는 차의 모양이 그려져 있었다.

강찬이 열쇠고리에서 시선을 들었을 때였다.

"쉬프요. 거, 오늘 맞춰서 꺼내느라고 애 좀 썼소."

강찬은 순간 말문이 탁 막혔다.

"푸흐흐. 그 표정은 또 뭐요? 혹시 태어나서 선물 처음 받아봤다, 뭐 그런 거요?"

이 새끼가 그걸 어떻게 알았지?

물론 오광택이 사 준 전화기가 있지만, 그걸 선물이라고 생각하진 않았다.

"거참! 문 한번 열어 보라니까요!"

강찬은 일단 버튼을 눌렀다.

바로 앞쪽에 있던 감색 승용차가 '삑삑' 소리를 내며 비상등을 깜박였다.

"풀옵션이요. 보험도 깔끔하게 넣어 놨고. 대한민국에서 풀옵션으론 두 번째 고객이랍디다. 마음에 드쇼?"

"야, 너도 저런 차 타면서. 저거 비쌀 거 아냐?"

"어허! 선물이요, 선물! 그동안 내 돈이 아닌 것 같아서 한 푼도 못 썼는데 이제야 마누라한테도 돈 좀 줄 수 있을 것 같소."

강찬은 석강호를 물끄러미 바라보았다.

"왜요, 색이 마음에 안 들어요?"

"저거 내 이름으로 했냐?"

"그게, 그렇게 하면 아버님이 바로 아실 거 같아서 일단 내 이름으로 해 놨소."

고마웠다. 가격을 떠나서 그런 곳까지 배려한 석강호의 마음이 말이다.

"다예."

석강호가 슬쩍 강찬의 눈치를 살폈다.

"태어나서 처음 받은 선물이다. 그래서 그런지 엄청 좋다."

강찬이 씨익 웃자 석강호도 만족한 듯 웃었다.

"고맙다."

"푸흐흐. 그런 소리 안 어울리는 거 아쇼?"

강찬이 입맛을 다시자 석강호가 담배를 하나 꺼내 주었다.

"대장 없었으면 미쳐 버렸을지 몰라요. 생각도 못했던 복수 마쳤고, 큰돈도 생겼고. 내가 더 고맙수."

이런 대화는 어딘지 낯간지럽다.

담배를 끈 강찬은 차를 한번 둘러보았다.

그러는 도중에 주차장 바깥의 차에서 2명의 사내가 이쪽을 보고 있는 것을 알았다.

경호를 하는 것이거나, 깡패일 텐데 전자일 확률이 높았다.

"야, 이거 여기 세워 두지 말고 당분간 네가 끌고 다녀."

조수석에 올라앉은 석강호가 서운한 표정으로 강찬을 보았다.

"내가 이걸 끌고 가서 설명할 방법이 없잖아. 그러니까 네가 타고 다니다가 필요할 때마다 내가 빌리는 걸로 하자. 어차피 둘이 다닐 텐데 매번 여길 들르는 것도 그렇고."

석강호가 아차 하는 얼굴이었다.

솔직히 학교 선생이 똥차를 사 줬대도 이상할 판에 쉬프 최고급 형을 사 줬다는 말을 어디 가서 하겠나.

"일단 그렇게 해."

"쩝."

"아직도 안식구한테 돈 안 줬냐?"

"이상하게 못 쓰겠습디다."

"기대하고 있을 텐데 병나겠다. 얼른 줘라. 그리고 다시 말하는데 이걸로 돈 얘긴 정말 끝이다."

"알았소."

다예루는 홀가분한 표정이었다.

"그럼 새 차를 산 기념으로 점심이나 먹으러 가 볼까?"

학교에서 갈아입은 면 티 차림이라 운전을 한대도 그리 눈여겨볼 사람은 없다.

강찬은 어색하게 스타트 버튼을 눌러 시동을 걸었다.

세상이 정말 많이 변했다.

그런데 열쇠를 꽂아 시동을 거는 게 더 확실하고 안전하지 않을까?

차가 주차장을 빠져나왔다.

"어허! 거 좀!"

강찬이 큰 도로로 진입할 때 석강호가 터트린 불평이었다. 아닌 게 아니라, 전장을 누빌 때처럼 식은땀이 절로 났다.

"아! 저 개새끼."

"푸흐흐. 나도 처음에 그랬소. 운전대 잡을 때마다 전쟁터 나가는 기분입디다. 참으쇼."

둘이 그렇게 나가서 중국집에 갔다.

쉬프를 멋지게 주차한 다음 자장면 2개를 시키자 주인이 서운한 표정을 지었다.

식사하는 동안 오광택과의 통화에 대해 이야기 해 주었는데, 석강호 역시 강찬과 같은 생각을 했다.

⚜   ⚜   ⚜

토요일부터 석강호에게 협박 문자가 없었다.

슬쩍 유혜숙과 김미영에게 물어봤는데 두 사람도 마찬가지였다.

오광택이 나섰기 때문일 수도 있고, 아니면 더는 의미가 없다고 생각했을 수도 있었다.

일요일 오전까지도 협박 문자는 없었다.

월요일이 방학이고, 화요일부터 금요일까지 수련회라 석강호는 준비할 것이 많은 모양이었다.

토요일에 한계치까지 운동을 한 탓에 일요일은 운동을 걸렀다. 적당한 휴식은 반드시 필요하다.

오전에 유혜숙과 둘이 영화 관련 TV 프로그램을 보며 빈둥거린 다음, 점심으로 국수를 삶아 먹었다. 유혜숙은 대학 진학을 궁금해하면서도 강찬이 쉬는 것에 대해 다른 말을 하지는 않았다.

방에 들어와 컴퓨터를 켰다.

요즘 인터넷 검색에 익숙해져서 개개인이 올린 해외 블로그나 관련 자료를 검색하게 되었다. 이미 샤흐란의 일이 끝났지만, 혹시 그와 관련된 자료가 있을까 싶어서 해외 사이트, 특히나 프랑스어 자료들을 검색하는 일에 시간을 많이 보냈다.

유혜숙이 과일을 가지고 들어왔다가 무척이나 행복한 표정으로 방을 나간 다음이었다.

우우웅. 우우웅.

전화기가 울어서 무심코 들었는데, 발신자 번호가 '000-0000-0000'이었다.

강찬은 숨을 한번 고른 후에 통화 버튼을 눌렀다.

[알로.]

어딘가 익숙한 음성이었다.

강찬은 당장 대꾸하지 않았다.

[무슈 강, 라노크요.]

이건 이상하다.

"강찬입니다. 발신자 이상해서 대답 못했습니다. 이 번호가 대사님 번호 맞나요?"

[이건 정보국 전용 번호라서 특이한 숫자가 뜰 겁니다. 녹취나 도청, 감청이 안 되게 하는 거지요. 아마 강찬 씨가 녹취를 해도 나중에 들어 보면 내가 한 말은 잡음만 남을 겁니다.]

"그렇군요."

[무슈 강. 문제가 생겼어요. 만나서 의논하고 싶은데 시간을 내 줄 수 있습니까?]

라노크의 음성에 기계음이 섞인 것처럼 들렸는데 중요한 건 내용이었다. 강찬은 라노크와 한남동에 있는 호텔에서 만나기로 약속을 정한 후에 전화를 끊었다.

약속한 한남동의 호텔에 도착했을 때였다.

"무슈 강?"

강찬이 고개를 끄덕이자 프랑스인 사내가 '따라오시죠.' 하고 강찬을 안내했다. 한눈에도 정보국 요원이겠구나 싶은 복장과 행동이었다.

엘리베이터를 타자 사내가 카드 키를 꽂은 후에 16층을 눌렀다. 그는 1601호에 강찬을 안내한 후에 문을 열어 주고는 곧장 왔던 길을 되돌아갔다.

거실이 꽤 넓었다.

침실 문이 닫혀 있어서 안에 누가 있는지는 알 길이 없었다. 강찬이 들어서자 라노크가 수행원 한 명과 일어서며 그를 맞았다.

"강찬 씨, 전화기 전원을 꺼 주시겠소?"

"그러죠."

강찬은 아예 배터리를 빼 버렸다. 그러자 수행원이 공항 검색대에서 사용함직한 탐지봉을 들고 다가왔다.

그런데 이것들이 진짜?

"협조 부탁하오."

태연한 라노크의 태도에 눈살을 찌푸렸으나 강찬은 일단 하자는 대로 따랐다.

발끝까지 검색을 마친 수행원이 커피 두 잔을 준비해 준 뒤에 방으로 들어가 문을 닫았다.

강찬은 말없이 커피를 마셨다.

"강찬 씨, 정보국에서 놀라운 소식이 있었소."

라노크는 곤란한 얼굴이지 놀란 얼굴은 아니었다.

"샤흐란이 살아 있다는 정보요."

강찬은 하마터면 커피가 코로 나올 뻔했다.

"프랑스에서 송금한 자료로 볼 때 중국 쪽에서 배신했을 확률이 높소. 아직 한국에 머물고 있을 거라 판단해서 우리도 최선을 다해 찾고 있지요."

달칵.

커피 잔을 내려놓는 소리가 커다랗게 들렸다.

"샤흐란이 살아 있다는 것이 확실합니까?"

분명 심장 쪽 옆구리를 뼈째 갈랐다.

의사가 대기하고 있었다고 해도 살아나기 힘든 부상이었다.

"그가 프랑스로 통화한 내용이 정보국 감청에 잡혔소."

라노크가 날카롭게 강찬을 살핀 다음, 입을 열었다.

"사막의 얼음이란 군 복무 시절의 코드명을 썼더군요. 음성확인도 샤흐란과 일치한 것으로 나왔소."

심장을 갈라 놨어야 했는데.

이렇게 되면 주차장파와는 비교할 수 없을 정도로 강력한 적이 뒤를 노리는 꼴이다.

"통화 내용도 아십니까?"

"사막의 얼음이다, 반드시 죽여야 할 적이 한국에 있다. 이렇게 꼭 두 문장이었다고 하더군요."

개새끼.

누가 누굴 죽여?

"정보국 내부에서도 이 문제를 어떻게 처리해야 할지 혼란스러운 상태입니다."

라노크가 강찬을 똑바로 보았다.

"본국은 본국대로 송금 자료를 중심으로 샤흐란의 배후를 찾아내는 데 주력하고 있지요. 그들의 목적이 대선과 관련된 것은 아닌지 따로 조사도 하고 있고."

"지금까지 알아낸 것은 없습니까?"

"아직 밝혀진 건 없소."

강찬이 커피 한 모금을 마신 다음이었다.

"중국 쪽 조직이 움직이는 거 같소. 우리가 바라기는 샤흐란이 강찬 씨를 노리는 거요. 그렇다면 좀 더 쉽게 해결되겠지요. 그 뒤가 어떻게 움직이는가를 보면 확실하게 알 수 있을 테니까."

"놈을 꼬드겨야겠군요."

"좋은 생각이오, 강찬 씨."

이 늙은 너구리 새끼가 사람을 대놓고 미끼 취급을 해?

갑자기 담배를 피우고 싶다는 생각이 불쑥 올랐다.

"대사님, 혹시 담배 있나요?"

역시 깡패랑은 차원이 다르다.

라노크가 안쪽에 대고 담배를 찾자 직원이 나와 일회용 라이터가 아닌 지포 라이터와 재떨이까지 챙겨 주었다.

라노크는 커다란 시가를 물었다.

"그날의 CCTV 기록이 염려되어서 우리 정보원이 달려갔을 땐 담당 직원이 이미 당한 후였소. 이렇게 되면 내가 우려 했던 일이 생길 수도 있다는 뜻입니다."

라노크가 입으로만 빨아들인 시가의 연기를 강찬을 피해 길게 뿜은 다음 다시 입을 열었다.

"결국, 본국은 둘 중의 하나를 택해야 하지요. 강찬 씨를 제거하든지, 함께 손을 잡고 샤흐란을 잡든지."

"간단해서 좋네요."

"두렵지는 않소?"

라노크는 기가 막힌 모양이었다.

"배운 적도 없는 프랑스어, 샤흐란과의 대결, 그 뒤에 있었던 스미든과의 관계까지 다 인정하겠소. 하지만 일이 커지는 것은 별개의 문제요. 특히나 샤흐란이 살아 있다면 더더욱."

강찬이 보기에 라노크는 이미 결론을 가지고 있었다. 하기야 저런 너구리는 대화를 통해 결정하는 것이 아니라 이미 내린 결정을 대화를 통해 명분 있게 만든다.

"우리 요원이 한국에서 활동하는 데는 한계가 있지요. 그래서 일단 내가 힘닿는 데까지 강찬 씨를 도와볼 참이오. 우선 법인을 하나 세우거나 인수하는 걸로 합시다. 비용이 필요하다면 우리 정보국에서 지급하겠소."

이건 또 뭔 수작이지?

"학생 신분보다는 그 정도 위치가 행동하기 좋아요. 가능한 공트와 전혀 연관이 없는 쪽으로."

끝까지 교훈을 주는구나 • 303

"별로 내키지 않는데요."

며칠 전 클럽에서처럼 맞지 않는 옷을 입고 광대 짓을 했던 생각이 떠올라서 강찬은 고개를 저었다.

"샤흐란의 배후가 중국과 연결되는 거라면, 그리고 만에 그 연결선이 중국 정권이라면 이건 단순히 강찬 씨 개인적인 원한으로 끝낼 일이 아니오."

라노크가 처음으로 아쉬운 감정을 보이는 것을 보자 강찬은 마음이 살짝 누그러졌다.

"알겠습니다. 진지하게 고민한 후에 결정하지요."

"저녁을 함께하시겠소?"

이 판국에 마주 앉아서 밥을 먹고 싶을까?

"나중에 하죠."

"그럼 그렇게 합시다."

자리에서 일어선 다음이었다.

"강찬 씨."

라노크가 정중하게 그를 불렀다.

"프랑스 국적을 취득합시다. 솔직히 당신과 함께 일해 보고 싶소. 내가 앞으로 펼치고 싶은 미래를 위해."

"처음부터 그렇게 말씀하시지요."

너털거리는 라노크의 웃음도 처음 보았다. 그의 진솔한 감정을 본 느낌이기도 했다.

"원한다면 강찬 씨가 지정하는 모든 사람이 함께 취득할 수 있도록 하겠소."

"제안은 감사합니다."

솔깃한 제안이었지만 강찬은 짤막한 대답으로 대화를 끝냈다.

호텔에서 나온 강찬은 택시를 탔다.

어딘가 사람이 북적이는 곳이 필요했다.

혼자가 아닌 곳.

시선이 집중되지 않는 곳.

"트론스퀘어로 가 주세요."

그래서 생각해 낸 곳이 전에 김미영과 같던 트론스퀘어였다.

일요일 오후라 길이 한산했다.

프랑스 대선?

지랄들 하는 소리다.

대원을 팔아먹은 샤흐란, 그 외에 만약 놈을 지원하고 조정하는 윗 놈들이 있다면 거기까지만 때려잡으면 된다.

이게 다 마무리가 부족해서 생긴 일이다.

개새끼.

'끝까지 교훈을 주는구나.'

마무리의 중요성은 정말이지 아무리 강조해도 부족함이 없다.

강찬이 이를 굳게 물었을 때 택시가 목적지에 도착했다.

트론스퀘어는 강찬을 실망시키지 않고 바글바글했다.

1층 로비의 의자에 걸터앉아 이런저런 생각을 했으나 결론은 하나였다.

샤흐란의 숨통을 끊고, 배후가 있다면 라노크의 도움을 받아서라도 박살낸다.

그래! 복잡할 일이 아니다.

강찬은 트론스퀘어의 높다란 천장을 올려다보았다.

'도대체 이렇게 다시 태어나게 한 이유가 뭐요?'

"쯧!"

기분이 좋지 않았으나 아무튼, 샤흐란을 먼저 죽인 다음에 생각할 일이다.

비겁한 중국 새끼들.

자존심이 어쩌고 하며 샤흐란을 데려가더니 고작 돈 몇 푼과 자존심을 맞바꿨다.

'방학 안에 끝낼 수 있었으면 좋겠는데.'

중국 조직이라면 오광택과 연락을 취할 필요도 있었다.

사는 거 하난 정말 박진감 넘친다.

트론스퀘어 1층을 가득 메운 사람들은 각자 어떤 감정으로 살아가는 것인지 궁금했다.

"여기까지!"

강찬은 무릎을 짚으며 자리에서 일어났다.

이왕 벌어진 싸움이다.

먼저 샤흐란의 모가지나 심장에 칼을 꽂아 준 다음에 뒷일을 생각하는 게 맞다.

적을 모르고 고민하는 것보다 얼마나 속 편한 일인가.

'얼른 와라, 샤흐란.'

마음을 정하자 담배 하나 피우고 싶었다.

라노크의 방에서 가져온 담배와 라이터가 주머니에 있었다. 넣어 두라는 말도 있었지만, 가격이 싼 군용 지포 라이터라 받았다.

트론스퀘어 뒤편으로 주차장 철망과 건물 사이에 화단이 있다. 사람 허리 높이의 화단 앞이 담배 피우기가 적당해 보여서 강찬은 그리로 향했다.

편하게 있으면서 충분히 냄새를 지운 다음 집에 들어갈 생각이었다.

강찬은 화단 앞에서 담배를 피워 물고 라이터를 꺼냈다.

쩔컹. 치익.

오랜만에 지포 라이터로 불을 붙이려니까 아프리카 생각이 불현듯 떠올랐다.

퍼억. 퍽.

강찬이 담배를 한 모금 마셨을 때였다.

화단 건너편에서 누군가 얻어맞는 소리가 들렸다.

허리높이의 화단 위로 키가 큰 화초가 가득해서 건너편이 제대로 보이지 않았다.

짜악.

이번 건 따귀 때리는 소리다.

하여간 애새끼들 열심히는 산다.

그런데 저 새끼들은 어떻게 저길 건너갔지?

강찬은 화단 옆으로 고개를 기울였다.

그러자 몸을 옆으로 비틀어야 들어갈 만한 통로가 보였다. 본인이 끌려들어 가지 않으려고 버티면 어지간해서는 통과하기 어려울 정도로 좁은 공간이었다.

'뭐지?'

순간, 강찬은 멍했다.

이호준과 허은실이다.

강찬은 벽에 기대어 안쪽을 보았다.

이호준은 바지를 무릎까지 내렸다.

저 새끼는 그렇다고 쳐도 허은실은 아무에게나 얻어맞을 년이 아닌데?

그때였다.

덩치가 커다란 놈이 허은실의 가슴 끝을 꽉 쥐고 비틀었다.

그 바람에 볼 수 있었다.

가슴을 비튼 놈 뒤에 칼을 든 놈을.

이거야! 아프리카의 한적한 오지도 아니고, 서울 번화가 한복판에서 저런 일이 벌어진다는 게 말이 되는 건가.

허은실이 고통스럽게 몸을 비틀자, 주변에 있던 계집애 셋이 깔깔거리며 웃었다.

바지를 내린 이호준의 허벅지가 시퍼렇게 멍들어 있는 것도 보았다.

'너희가 왕따시킨 애들은 그거보다 비참했을 거다.'

솔직히 짜증이 확 솟구쳤다.

저건 누가 강요한 게 아니라 저것들이 선택한 삶이다.

퍼억. 퍼억. 짜악.

이호준과 허은실은 계속 얻어맞았다.

반항도 못하고.

담배를 다 피운 강찬이 가기 전 마지막으로 시선을 주었을 때였다.

허은실의 멱살을 당긴 사내놈이 가슴을 향해 담뱃불을 가져가는 것을 보았다.

왜 저렇게 잔인한 거지?

어째서 아프리카의 종족 전쟁에서나 보일 만한 짓들을 서울 한복판에서 봐야 하는 거지?

"쯧!"

그가 언짢은 소리를 내자 담뱃불을 가져가던 놈이 멈칫하고는 고개를 돌렸다.

"뭐야! 씨발 놈아, 저리 안 꺼져?"

강찬은 풀썩 웃음이 터져 나왔다.

끝까지 교훈을 주는구나

"그런데 이 개새끼가 미쳤나? 어디서 실실 웃고 지랄이야!"
"너, 이리 와 봐."

강찬이 웃으면서 손끝을 까딱이자 놈이 허은실의 멱살을 뿌리치고는 화단 옆을 통해 단박에 건너왔다.

"왔다. 이제 어쩔 건데?"

이 새끼는 정말 궁금해서 묻는 놈 같다.

퍽. 퍽.

강찬은 곧바로 놈의 목과 명치에 엄지를 꽂았다.

"컥! 컥!"

목을 움켜쥔 놈이 듣기 거북한 비명을 연신 토해 내자 안쪽에 대가리 여러 개가 이쪽을 향해 기웃거렸다.

강찬은 왼손으로 놈의 머리를 움켜쥐었다.

쫘아악!

쫘아아아아아악!

털썩.

놈이 바닥에 쓰러졌다.

"야! 이 개새끼야!"

그러자 화단 건너편에서 대뜸 욕이 날아오더니 열댓 명이 화단을 뛰어오르거나 옆의 통로를 통해서 우르르 몰려나왔다.

"미치겠네."

많기도 하다.

겁이 나는 게 아니라 사람들이 모여드는 게 싫어서 나온 말이었다.

파박.

강찬은 단박에 화단을 뛰어 올라갔다.

픽! 퍼억! 픽!

그리고 위로 올라왔던 세 놈을 팔꿈치와 엄지, 중지를 세운 주먹으로 연달아 두들겼다.

이 정도에서 떨어진다고 죽지 않는다.

뻑!

강찬은 화단을 막아선 놈의 대가리를 걸어차며 바닥으로 내려섰다.

이호준과 허은실을 보자, 한숨이 푹 나왔다.

"넌 뭐야?"

아직 열 가까운 놈들이 강찬을 둘러싸고 으르렁거렸다. 계집애도 셋쯤 되었다.

"저 새끼들은 뭐냐?"

강찬이 턱으로 가리키자 허은실이 '일진 연합.'이라고 짧게 답했다.

"이 씨발 놈이 사람 말을 존나 개무시하네."

강찬이 피식 웃으며 놈을 보았다.

덩치도 있고, 깡도 있어 보이고.

아까부터 한 뼘 정도 되는 나이프를 들고 있던 놈이다.

사람을 죽일 수 있다면 뒈질 수 있다는 것도 알아야 하지 않나?

강찬은 똑바로 놈을 향해 다가갔다.

"이 씨발 놈아!"

휙. 휙!

터억!

놈이 움찔움찔 휘두른 두 번째 순간에 강찬이 손목을 잡아챘다. 그러고는 딸려 오는 놈의 면상에 오른 팔꿈치를 찍어 넣었다.

쩌억.

강찬은 곧바로 놈의 손가락을 잡아 비틀었다.

짜그락!

"끄어엉."

코와 입 근처가 피범벅이라 비명에 콧소리가 담겼다.

강찬은 놈의 오른팔을 엎어서 어깨에 걸쳤다.

그러고는 팔꿈치에 양손을 걸고 힘차게 당겼다.

빠드득!

"끄아아앙!"

"개새끼, 더럽게 시끄럽네. 거기 안 서!"

화단을 빠져나가던 놈들이 움찔하면서 강찬을 보았다.

"지금 나가는 놈은 이호준이 앞세워서 전부 찾아낸다. 평생 팔 못 쓰고 싶은 놈이 있으면 가 봐."

"조까! 씨발!"

화단 통로의 중간쯤에 있던 놈이 몸을 빼며 욕을 꽥 뱉어냈다.

파바박!

강찬은 곧바로 화단을 타고 건너편에 내려섰다.

이렇게 빠르게 넘어올 줄은 몰랐겠지.

퍼버벅!

명치와 목, 그리고 콧등을 얻어맞은 놈이 껵껵거렸다.

"야! 이 새끼 안으로 끌고 가."

눈이 마주친 놈이 놀란 얼굴로 버둥거리는 놈을 안쪽으로 끌고 갔다.

"너도 안으로 들어가."

처음 얻어맞았던 놈이 눈치를 살폈다.

"그런데 이 개새끼가."

화다닥.

정말 빠른 속도로 놈이 안으로 들어갔다.

강찬은 다시 화단을 뛰어올라 안쪽으로 건너갔다.

애새끼들 덕분에 정말 바쁘다.

"끄으응."

"조용히 안 해?"

팔이 밖으로 꺾인 놈이 이를 악문 채로 입술을 벌렸다. 피가 코를 막아서 숨을 쉬기 어려운 모양이었다.

끝까지 교훈을 주는구나

"어떤 새끼가 대가리야?"

이호준은 말귀를 못 알아들은 모양이었다.

그때였다.

"저기, 강찬인 줄 몰라서 그런 거야."

한쪽에 있던 놈이 강찬의 눈치를 살피며 입을 열었다.

"닥치고! 어떤 새끼가 대가리야?"

놈의 시선이 팔 부러진 놈을 보았다.

강찬은 구석에 찌그러진 놈에게 다가가 쪼그린 자세로 놈을 들여다보았다.

"일진? 까는 소리 하네. 한 번만 더 모여서 주접떤다는 소리 들리면 넌 정말 죽어."

만약 반항하는 눈빛을 보이면 적어도 반년은 죽은 것처럼 살게 할 생각이었다.

아니나 다를까, 시선을 떨어트린 놈의 눈 끝에 앙심과 독기가 남았다.

마무리를 엿같이 했더니 샤흐란이 살아난 것처럼 이놈도 또 뒤를 노릴 거다.

턱.

강찬은 놈의 머리를 움켜쥐었다.

"어엉!"

쫘아아악!

허은실이 움찔하며 몸서리를 쳤는데, 이호준도 다르지 않왔다.

쫘아아악!

"끄웅. 끄으응…….."

쫘아아악!

강찬은 다시 허리를 숙여서 놈의 얼굴을 들여다보았다.

피식.

시선이 마주치자 놈이 얼른 눈을 피했다.

하지만 주변에 있는 놈들 앞에서 기가 죽고 싶지는 않은 것처럼 보였다.

이 새끼는 분명 다시 애들을 모은다.

그리고 이호준이나 허은실을 불러 놓고 지금 당한 것을 분풀이하려고 할 거다.

강찬은 놈의 머리를 놓고 왼팔을 잡아챘다.

"으어엉!"

"시끄러, 씨발 놈아."

그가 오른쪽 어깨에 팔을 엎어서 걸치자 놈이 버둥거렸다. 뒤틀린 오른팔이 흉측하게 흔들렸으나 바깥쪽으로 빠져나가서 강찬을 말리지는 못했다.

콰자작!

"끄아아아앙!"

턱!

강찬이 놈의 머리를 당겼을 때 처음으로 공포에 질린 얼굴이 다가왔다.

"또 모일래?"

"앙이, 앙이!"

놈이 고개까지 저으며 악을 써 댔다.

강찬은 몸을 세운 후에 주위에 선 놈들을 날카롭게 노려보았다.

"어떤 새끼든 일진 어쩌고 하는 소리 들리면 전부 팔을 부러트려 줄 테니까 알아서 해."

진심이었다.

"이 새끼 데리고 꺼져."

쭈뼛쭈뼛.

세 놈이 받친 후에야 놈들이 모두 사라졌다.

강찬은 담배를 하나 꺼내 물었다.

이호준과 허은실이 벽에 남아서 강찬의 눈치를 살피고 있었다.

'에라이.'

욕하기도 지겨운 것들.

"후."

강찬은 짜증을 풀기 위해 담배 연기를 뿜어냈다.

3권에 계속

www.mayabooks.co.kr